KEITAI
SHOUSETSU
BUNKO
野いちご SINCE 2009

天ヶ瀬くんは
甘やかしてくれない。

みゅーな**

JN167458

◎STARTS
スターツ出版株式会社

イラスト／Off

クラスメイトの天ヶ瀬くんは極度の面倒くさがり屋で、
厄介なことに巻き込まれるのが嫌い。

　そのくせ女の子にはモテまくっていて、
来る者拒まず、去る者追わずのタラシくん。

　そんな彼に、強がって言ってしまった。
「わたし天ヶ瀬くんのこと、好きにならない自信あるよ」

　こんなふざけたことを言って、どうせ相手にされないと
思っていたのに。

「んじゃ、今日から俺の彼女ね」
「え、本気？」
「うん、けっこー本気」

　この関係の始まりはとても簡単で、壊れるのも簡単。
　だから、口が裂けても言えるわけがない。

　まさかわたしが、天ヶ瀬くんに恋してるなんて……。

「俺に何してほしいか、その口で言ってみなよ」

　天ヶ瀬くんは甘やかしてくれない。

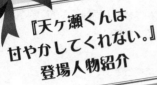

『天ヶ瀬くんは甘やかしてくれない。』登場人物紹介

浅葉 もも
あさば もも

同じクラスの天ヶ瀬くんに恋をしている高校2年生。とあることがきっかけで、天ヶ瀬くんの彼女になったけれど…。

並木 花音
なみき かのん

もものクラスメイト。スタイル抜群のサバサバ系美人。いつも、ももにアドバイスをしてくれる親友。

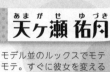

モデル並のルックスでモテモテ。すぐに彼女を変えると有名なのに、ももと付き合ってからは、独りじめしようとしてきて…!?

ももの幼なじみで頼りになるお兄ちゃん系男子。もものことが好きで、天ヶ瀬くんと別れさせようとする。

ももたちとは別の高校に通う、天ヶ瀬くんの幼なじみ。ももに挑発的な態度を取ってきて…?

contents

Chapter.1

天ヶ瀬くんと仮彼女。 10

天ヶ瀬くんを好きなワケ。 29

天ヶ瀬くんは優しくない？ 45

気まぐれ、2度目のキス。 58

Chapter.2

幼なじみって関係。 72

嫉妬と独占欲と甘さ。 84

天ヶ瀬くんはわたしを選ばない。 100

引き離せない2人。 124

惑わされて、錯覚させられて。 138

Chapter.3

ぜんぶ、壊れてしまえばいいのに。 146

捨てきれないまま。 157

想いはどこまでも一途で。 164

Chapter.4

複雑に交錯する想い。 178

天ヶ瀬くんのほんとの気持ち。 196

自分勝手な選択。 215

Chapter.5

好きだったんだよ、天ヶ瀬くん。 226

天ヶ瀬くんには敵いません。 236

天ヶ瀬くんの弱点。 247

知りたいんだよ、天ヶ瀬くん。 258

天ヶ瀬くんは甘やかしてくれない。 268

書き下ろし番外編

我慢しないで、天ヶ瀬くん。 274

あとがき 304

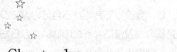

Chapter.1

天ヶ瀬くんと仮彼女。

いつも、いつも。

朝、登校してきてから自分の席について、必ず窓の外を見るのが習慣になったのはいつからだろう。

窓側の後ろから2番目。

ここがわたし、浅葉ももの席だ。

高校2年になって2ヶ月と少し過ぎた6月。

初めての席替えでこの席を引き当てた。

ここはわたしにとって特等席。

なぜかというと……。

ここから窓の外を見ると、登校してくる生徒たちがよく見える。

その中から、わたしはある人を探す。

どれだけたくさんの生徒がいても、彼ならすぐに見つけられる。

わたしの視線の先には、イヤホンをして、だるそうにゆっくり歩く姿が特徴的な彼が見える。

その姿だけで絵になるのが、わたしがいつも見ている天ヶ瀬佑月くん。

天ヶ瀬くんは、わたしと同じクラスの男の子。

ミルクティー色の髪に、透きとおった綺麗な瞳と、薄くて形のいい唇。

身長は180センチを超えていると思う。

ルックスは、雑誌に載っているモデルさん並みにかっこいい。
　だから、とにかくモテる。天ヶ瀬くんに恋してしまう女の子は、入学以来あとを絶たない。
　手の届かない存在かと思いきや、告白をしたほとんどの子が、付き合うことができている。
　だけど、２週間も経たないうちに別れてしまう。
　その原因は、天ヶ瀬くんにあったりする。
　告白されてオーケーを出すくせに、相手の子に興味や関心がまったくない。
　好きという気持ちがなくても、付き合えてしまうらしい。
　そう、天ヶ瀬くんは来る者拒まず、去る者追わずのタラシくん。
　彼女が変わることは日常茶飯事。
　彼は本気で付き合っているんじゃない。
　ただのひまつぶしで、相手は誰だっていいんだから。
　ほら、今だって門をくぐってすぐに。
「天ヶ瀬くーん！」
　天ヶ瀬くんの名前を呼びながら、小走りで駆け寄る女の子が１人。
　たしか、昨日から付き合ってる隣のクラスの子だっけ？
　彼女の変わるサイクルが早すぎて、女の子たちの顔がみんな同じに見えてくるレベル。
　可愛い子ばかりなのは間違いないんだけど。
「天ヶ瀬くんってばー！」

イヤホンをスッと外して、ようやく女の子の存在に気づいた様子。
　相変わらず、興味なさそうな表情だなぁ。
　そのまま彼女と一緒に下駄箱に向かっていって、そこから姿が見えなくなった。
　そして、数分後。
　教室の前の扉がガラッと開いて、視線をそちらに向けると、さっきまで彼女と一緒だった天ヶ瀬くんがやってきた。
　そのまま、わたしが座る席まで近づいてくる。
　わたしの席を横切った瞬間、ほんのり香る甘いムスクの匂い。この匂いが鼻をかすめると、無駄に心臓がドキッと跳ねる。
　ガタンッと、後ろの席のイスが引かれた音が耳に届く。
　わたしの後ろの席。
　そこが天ヶ瀬くんの席だ。
　いつも席につくと、必ず頬杖をついて窓の外を眺めるのが天ヶ瀬くんの日課。
　しばらくすると。
「佑月、おはよー」
　天ヶ瀬くんに声をかける男の子。
　星川那月くん。
　彼もまた、天ヶ瀬くんと同じでイケメンの部類。天ヶ瀬くんより暗い髪色で、見た目は落ち着いた雰囲気。
　あまり話したことはないから、どんな人かはわからないけど、女の子たちが放っておかないルックスの持ち主。

たぶん、天ヶ瀬くんと一番仲がいい男の子。
「お前、また彼女変わっただろ？」
「どーだろ」
　いつも話題は、天ヶ瀬くんの彼女のことについてが多かったりする。
「どーだろって自分の彼女くらいちゃんと覚えとけよな？」
「無理。みんな同じ顔にしか見えない」
「お前、そんなこと言ってると、いつか女に恨まれるぞ？」
　そうだ、そうだ……！と、心の中で星川くんの言葉にうなずく。
　女の恨みは結構怖いんだから。
「別に、恨まれよーがカンケーない。面倒なことに巻き込まれるのとかごめんだし」
　ふわっとあくびをして、星川くんの忠告を完全にスルー。
「なんかあっても助けてやんねーからな」
　呆れた口調で星川くんが言う。
「那月に力借りるほど困ってない」
　たしかに、天ヶ瀬くんは彼女を取っ替え引っ替えしているけれど、それで何か揉めているところは、今まで見たことがない。
　まあ、わたしが知る限りだけど。
　でも、そういうのって、だいたい男の子が知らないところで、女の子たちが揉めていたりするんだよね。
　そんなことを考えているうちにチャイムが鳴り、担任の水野先生が教室に入ってきてホームルームが始まった。

「今から簡単な進路希望調査のプリントを配ります。必要事項を記入して、書けた人から先生のところまで持ってきてねー」

配られたプリントを前の席の子から受け取って、自分の分を1枚取り、最後の1枚を後ろの席にいる天ヶ瀬くんに渡す。

この時にすごく緊張する。

だって、振り向いたら天ヶ瀬くんがいるんだもん。

目なんか合ったら絶対動揺しちゃう。

遠くから見ることはあっても、こんな間近で天ヶ瀬くんの顔を見ることは滅多にない。

だからこの瞬間が、天ヶ瀬くんを間近で見られるチャンスだったりする。

不自然にならないよう、身体ごと後ろを向いた。

プリントを机の上に置いたと同時に、少し顔を上げて、天ヶ瀬くんをしっかり見る。

やっぱりかっこいいなぁ……。

窓の外を見ているから目は合わなかったけど、横顔がとても綺麗。

窓側ってこともあって、太陽の光が天ヶ瀬くんのミルクティー色の髪をさらに明るく見せる。

今この瞬間を、1枚の写真に残せたらいいのに……。

そんなバカなことを考えながら前に向き直って、プリントに目を向けて、記入していこうとした時だった。

「ねー」

後ろからそんな声がして、背中を指でツンツンされた。
　その声に、触れてくる指先にドキッとしながら、前に向き直った身体を再び後ろに向かせる。
「な、何？」
　今度は横顔ではなく、正面に向き直っていて、しっかりと目が合った。
　この顔に正面からしっかり見つめられると、心臓が騒がしく動きだす。
　だけど、わたしがそんなことになっているとも知らない天ヶ瀬くん。
「なんか書くもの貸してくれない？」
　なんともないような顔をして、そんな呑気なことを言ってくる。
　わたしは目が合うだけで緊張して、声が震えてしまいそうで、それを隠すことに必死なのに。
「も、持ってきてないの？」
　なんとか平然を装って返事をするけど、どこかぎこちなくて。
「んー、忘れた。だから貸して？」
　天ヶ瀬くんの机の上には筆箱らしいものはなく、さっき配られたプリントしか載っていない。
　すぐに自分が使おうとしていたシャープペンを貸してあげた。
「どうぞ」
「ん、ありがと」

シャープペンを手渡しする時に、少しだけ天ヶ瀬くんの指に触れた。
　細い指に、綺麗な爪。
　どこを見ても完璧で、非の打ち所がない。
　わたしと天ヶ瀬くんは、ただのクラスメイトで、せっかく席が前後なのに、話す機会はほとんどない。
　だからこうやって何気ないことで話せるのが、自分にとってはかなり嬉しかったりする。
　だから、まさか。
　天ヶ瀬くんと２人っきりになるなんて、想像もしていなかった。

　放課後。
「はい、２人とも日直だから、これが終わるまで帰っちゃダメだからねー？」
　ホームルームが終わって、帰ろうと席を立とうとした時だった。担任の水野先生がプリントの山を持って、わたしと天ヶ瀬くんの席までやってきて、天ヶ瀬くんの机の上にドサッと置いた。
　要件は、日直であるわたしと天ヶ瀬くんがプリントをホッチキスで留めて、職員室にいる水野先生のところまで持っていくこと。
「こら、天ヶ瀬くん！　ちゃんと聞いてるの？」
　水野先生がプリントの留め方を説明しているのに、聞く気がなさそうだ。

さっきからあくびばかりして、つまらなさそうだし、視線はプリントではなく、全然違うほうを見ている。
　なんだかとっても面倒くさそう。
　わたしたちのクラスは前後の席2人が日直で、今日はたまたま、わたしと天ヶ瀬くんが日直だった。
　ほんとは一緒で嬉しかったけど、だからといって、特別何かあるわけじゃない。
　やる気のない天ヶ瀬くんの代わりに、わたしが1人で日誌を書いて、授業後の黒板を消したりとか。とくに天ヶ瀬くんと接点もなく終わるはずだったんだけど……。
　まさかのまさか。
　放課後に天ヶ瀬くんと教室に残って、作業をすることになるなんて、思ってもいなかった。
「めんどくさ……」
「何か言ったかな、天ヶ瀬くん？」
　ボソッと言ったつもりかもしれないけど、先生に聞こえちゃっている。
「ってか、説明ってそれだけですか？　早く終わらせて帰りたいんですけど」
　けだるそうな様子で、説明を早く切り上げてほしいのが嫌でも伝わってくる。
　ただでさえ、面倒なことが嫌いな天ヶ瀬くん。
　これくらいならわたし1人でもできそうだな、と思っていると。
「じゃあ、早く帰れるように2人で頑張りなさい！　終わ

るまで帰っちゃダメだからね！」

そう念を押すと、先生は教室から出ていった。

さっきまで教室に数人いたクラスメイトも、気づいたらみんな帰って誰もいない。

放課後の教室で、天ヶ瀬くんと2人っきり。

「あの、天ヶ瀬くん？」

「ん、何？」

「もし先に帰りたかったら帰っていいよ？　わたし1人でやるから」

ほんとは一緒にいたいけど、さっきの様子からして早く帰りたそうだし。

きっと、天ヶ瀬くんのことだから、『あーそう。じゃあよろしく』って帰っていくんだろうなって、考えていたら。

「いいよ、俺も日直なんだし」

予想外な答えが返ってきて、驚いて思わず目を見開いた。

そんなわたしの様子を気に留めることなく、作業を始めようとしている。

「め……面倒なこと嫌いなのに、いいの？」

わたしが遠慮がちに聞くと、プリントに向いていた天ヶ瀬くんの視線がこちらに向いて、少し驚いた顔を見せた。

「へー、俺のことよく知ってんね。あんま喋ったことないのに」

わかるよ、好きな人のことくらい。

なんて……口が裂けても言えないけど。

「けど、気使ってくれなくていいよ。俺、今日ひまだし」

「……そ、そっか」

　なんだ、今日はあの彼女と帰ったりしないのかな。

　聞いてみたいけど、ただのクラスメイトのわたしが聞けるわけもないか。

　自分のイスを後ろに向け、天ヶ瀬くんの机を挟んで、お互い正面に向き合って座った。

　どちらかが身を乗り出せば、その距離がゼロになりそうなほど近い。

　天ヶ瀬くんの整った顔が、目の前にある。

　どこに視線を向けたらいいか戸惑いながら、とりあえずプリントに視線を落とす。

　だけど、どうしても天ヶ瀬くんが気になってしまい、チラチラと気づかれないように顔を見てしまう。

　やっぱり綺麗な顔をしている。

　まつ毛長いなぁとか、肌綺麗だなぁとか、唇の形が色っぽいなぁ、なんてあらためて思った。天ヶ瀬くんを見ていたら、キリがないほどいろいろ出てくる。

　この近さにドキドキしているのを聞かれないだろうかと心配している間に、天ヶ瀬くんは淡々と作業を進めている。

　はぁ、わたしだけかぁ。こんなふうにドキドキして、一緒にいられるのが嬉しいのは。

　天ヶ瀬くんからしたら、ただのクラスメイトのわたしと一緒にいても嬉しくないだろうし、楽しくもないだろう。

　漏れそうになったため息を抑え、わたしも作業を始めた。

　何も話さず黙々と手を動かし、ホッチキスのパチッと留

まる音だけが教室に響(ひび)く。
　そんな中、プリントを取った手が、たまたま天ヶ瀬くんの手と重なった。
「あっ……」
　わたしが声をあげたと同時に、視線が絡(から)み合った。
「ご、ごめっ……」
　あわてて自分の手を引こうとしたのに。
「っ……」
　なぜかギュッと握(にぎ)ってきて、離(はな)してくれない。
　わたしの手よりもずっと大きくて、しっかりしている男の子の手……だ。
　急なことに身体がビクついて、肩(かた)に力が入る。
　天ヶ瀬くんは表情を変えず、わたしのほうを無言でジーッと見つめるだけ。
　ただ見つめられて、手を握られているだけなのに、ドキドキ心音(しんおん)がうるさい。明らかにさっきよりも鼓動が速くなっているのがわかる。
「手ちっさいね」
「へ……？」
　やっと視線がそれたと思ったら、今度はわたしの手をジーッと見る。
　ほんと勘弁(かんべん)してほしい。
　これ以上わたしの心拍数(しんぱくすう)を上げないでほしい。
「しかもやわらかい」
　そして、指でツーッと手の甲(こう)をなぞられた。

この時、直感した。やっぱり女の子に慣れてるって。
　きっと誰にでもこんなことを言っているに違いない。
　そう思うと、さっきまで騒がしく動いていた心臓が、今度はギュッと苦しくなった。
　だから、何も言わずにゆっくり手を引いた。
「触(さわ)られるの嫌だった？」
　嫌だと言えば嘘(うそ)になる。好きな人に触れられて嫌なわけがない。今だって、触れられたところが熱を持ったまま。
　だけど、天ヶ瀬くんは他の女の子にも平気で同じように触れるんだと思うと、複雑な気持ちになる。
　こうやって触れるのが、わたしだけだったら、素直に受け入れることができるのに。
「天ヶ瀬くんって、誰にでもこういうことしてそう……だから」
　その言葉は自分の心中にしまっておこうと思っていたのに、気づいたら口に出していた。
　少し嫌味(いやみ)っぽく聞こえたかもしれない。
　すると、そんなわたしをポカーンと口を開けて、それはもう驚いた様子で言った。
「へー、けっこー毒吐(は)くんだね。もっと、おとなしい子だと思ってたけど」
　おとなしい子？　そう思われていたなんて意外だ。
「わたし、天ヶ瀬くんが考えてるほどいい子じゃないよ」
「へー、いいじゃん。俺そーゆー子、好きだよ」
　そう言いながら危険な笑みを浮かべて、身体を少し前に

乗り出して顔を近づけてくる。
　そして、天ヶ瀬くんの右手が伸びてきて、わたしの髪に触れる。
　触れただけかと思えば、器用にわたしの髪を耳にかけながら、そっと耳元で……。
「……悪い子ってそそられる」
　甘くささやかれて……。
　息がかかってくすぐったい。
「たとえば……こんなことしたら、どんな反応してくれるのか、試したくなる」
　フッと笑って、突然耳たぶを甘噛みされた。
　その瞬間、身体がビクついて、電気が走ったみたいにピリッとする。
「っ……ん」
　自分でも聞いたことがない声が漏れた。
「可愛い声じゃん」
　表情を崩さずに天ヶ瀬くんが言う。
　嘘ばっかり……。
　こんな声たくさん聞いてるんでしょ？
　みんなに甘いことを言ってるんでしょ？
　女の子が喜ぶ言葉をよくわかっている。
　あぁ、好きなのに……。
　こういうことをされると、他の女の子たちと一緒にされているみたいで気分が沈む。
「他の女の子にも、同じこと言ってるくせに……」

ストレートすぎたかもしれないけど、そうでもしないと伝わらない気がした。
　わたしの言葉に反応して、天ヶ瀬くんが顔を遠ざけた。
　今日何度目だろう。
　こうして視線が絡み合うのは。
　だけど、さっきとは違って冷めたような視線で、面倒くさそうに、こちらを見てくる。
「だったら何？」
「っ……」
　返ってきた言葉も冷たいものだった。
「求められればそれに応えるだけ」
　その言い方だと、少なくとも、わたしが求めているみたいに聞こえる。
「別にわたし求めてなんか……」
「そう？　俺のことすげー見てたくせに？」
　全て見透かされているような気がして、途端に恥ずかしくなって、顔を伏せた。
　もともと天ヶ瀬くんの性格は、かなりひねくれているとは思っていたけど、まさかここまでだったとは。
　だったら天ヶ瀬くんは、今からわたしが言うことに、どんな反応をするだろう？
「ねぇ、天ヶ瀬くん」
「何？」
　これは絶対に使いたくない手だった。
　そう、こんなことを言うつもりはなかったのに。

自分より優位に立って、余裕そうにしている天ヶ瀬くんの態度が気に入らなくて、それを崩してやりたいと思ってしまった。
　言ったところで彼の気持ちが動くわけないのに。
　これを言ってしまったら、もう２度と気持ちを伝えることができなくなってしまうかもしれないのに……。
「わたし天ヶ瀬くんのこと、好きにならない自信あるよ」
　強がって自分を止められず、つい口に出してしまった。
　もうこれで、わたしは天ヶ瀬くんに好きと伝えることすらできなくなってしまった。
　どうせまた、『だから何？』って返されるのはわかっていたはずなのに。
　ほんとにバカなことをした。
　たった数秒前に勢いで言ってしまったことに、こんなに後悔をするなんて。
　天ヶ瀬くんと付き合うことができて、浮かれていた女の子たちを、心のどこかでバカにしていた自分がいた。
　天ヶ瀬くんからしたら、ただの遊びの１人にすぎないのに。好きと伝えてオーケーをもらって舞い上がって、バカみたいって。どうせすぐに別れることになるのに。
　だけど、今のわたしはその彼女たちよりも、ずっとずっと惨めだ。
　だってわたしは、気持ちを伝えるチャンスを今この瞬間、自分で潰してしまったんだから。
「…………」

「…………」

 しばらく、無言の時間が続く。

 わたしの言葉には、まったく動揺していない様子の天ヶ瀬くん。

 崩してやりたいと思った表情は、そう簡単には崩せなかった。

 反対に、自分の表情は今にも崩れてしまいそうで、グッと下唇を噛みしめる。

 天ヶ瀬くんからしてみれば、ほとんど会話もしたことがないクラスメイトの１人から、いきなりそんなことを言われても、なんとも感じないだろう。

 無言の状況(じょうきょう)がつらくて、再び作業を開始しようとした時だった。
「ふーん、面白いじゃん」
「……え？」

 頬杖をつきながら、ジーッとわたしを見つめて、フッと笑った。
「そんなふうに言われたの初めて」
「そう……だろうね」

 天ヶ瀬くんにこんなことを言う女の子は、まずいない。わたしだってほんとなら、言うつもりはなかったし。

 だから、次に天ヶ瀬くんから発せられた言葉に、思わず耳を疑った。
「んじゃ、今日から俺の彼女ね」

 この人、今さらっと、とんでもないことを口にした。

しかも平然とした顔で、わたしのほうなんか見ずに、再びホッチキスでプリントを留めながら。
　それはとても、告白をされているとは思えないシチュエーションで。
「え、本気？」
　何かの間違いかもしれないと聞き返してみても。
「うん、けっこー本気」
　……どうやら聞き間違いではなさそう。
　パチッとホッチキスの芯が留まった音と、自分の中でバクバク動いている心臓の音が、２つ重なって聞こえる。
「冗談にしか聞こえない……」
「なんで？　だって、俺のこと好きにならない自信あるんでしょ？」
「う、うん」
「じゃあ簡単なこと。俺は基本めんどーなこと嫌いなの。だから、俺に興味ない子を彼女にすればいろいろ楽じゃん？」
　あぁ、なんだそういうこと。
　もしかして、ほんの少しでもわたしに対する気持ちがあるのかもしれないと、少しでも期待した自分がバカみたい。
　これじゃ、自分がバカにしていた彼女たちと一緒だ。
「……今、付き合ってる子はいいの？」
「別にいいんじゃない？　本気で付き合ってるわけじゃないし」
　さすがに彼女がいることを知っているので、気を使って

聞いてみたけど、どうやら無駄だったみたい。

　ほんと、この人の性格は最低だ。

　人の気持ちを弄んで、簡単に踏みにじってしまう。

　突然別れようと言われて、悲しむ彼女の気持ちなど考えもせずに……。

「最低……だね」

　すると、天ヶ瀬くんはわたしの言葉になんて動じず、言い放った。

「そっちがそう思うなら、最低でもなんとでも思っとけば？」

　……こんな人を好きでいる自分のほうが、どこまでも歪んでいるのかもしれない。

「んで、どーすんの？　こんな最低な俺の彼女になる？」

　最低だってわかっていても。

　心の中の歪んでいる自分が、このささやきに揺れてしまっている……。

　そして、しまいには。

　ゆっくりと、首を縦に振ってしまった……。

　もうここまで来たら後戻りはできない。

「じゃあ……」

　座ったまま、天ヶ瀬くんが身を乗り出して近づいてくる。

　その整った綺麗な顔が今度は耳元ではなく、真っ正面にある。

　唇が触れるまであと数センチ。

「こーゆーこともするから」

それは、突然で。

　だけど、動きはとてもゆっくりで。

　頬杖をついていた手とは反対のほうの手が、わたしの顎に器用に添えられて、吸い込まれるように、やわらかい感触が唇を包み込んだ。

　1度目のキスは、放課後の2人っきりの教室だった。

　こんなにもあっさり奪われてしまったファーストキス。

　触れたのは一瞬だったのに、押しつけられた唇のやわらかさが消えない。

　それは、忘れられない感触になった。

「そんな顔するんだ？」

　唇が離れたら、イジワルそうな笑みが見えた。

　待って、わたし今どんな顔してる？

　突然のことに頭の中はパニックで声も出ない。

　そんな中で、うまく自分の表情を作れるわけがない。

「……もっとしてほしそうな顔してる」

「っ!?」

　天ヶ瀬くんにそう言われて、思いっきり動揺した。

　向こうにとってはキスの1つや2つ、どうってことないんだろう。

　キスにもっていくまでの視線の絡ませ方、自然に添えられた手。

　全てを包み込むように、押しつけられた唇は、決して強引ではなくて。

　素直に……もう一度されたいって思えるキスだった。

天ヶ瀬くんを好きなワケ。

　そもそも、なぜわたしが天ヶ瀬くんのことを好きなのかというと、そこには1つの理由があったりする。
　あれはわたしが中学3年生の時。
　今、通っている高校の受験当日の出来事だった。
　その日は、本当なら同じ高校を受験する幼なじみの愁桃(しゅうと)と一緒に受験会場に向かうはずだった。だけど、わたしが朝から体調が悪く、待たせるのが申し訳なくて、先に行ってもらうことになった。
　結局、家を出た時間がギリギリで時間がなかったので、家から高校までバスを利用することにした。朝早いこともあってバスの中は通勤通学ラッシュで、定員オーバーじゃないかってくらいの人の多さ。
　それでも、それに乗らないと試験時間に間に合わないから、仕方なくそのバスに乗り込んだ。
　普段(ふだん)あまりバスに乗る機会がなくて、乗り物に酔(よ)いやすい上に、この人の多さで人酔い寸前だった。ただでさえ最悪な気分で、これ以上何も起こらないように願っていたのに……。
　背後に1人の男の人の気配を感じた。
　最初は軽く荷物が当たっているだけかと思っていたのだけど……。
「っ？」

それは違った。
脚をなぞられるような気持ち悪い感触。
……嘘、最悪だ。
自分がまさかこんな目に遭うなんて、想像もしていなかった。
手を振り払うべきなのか、それとも声を出して助けを求めればいいのか。
だけど、恐怖のあまり声が出ない。
それどころか無駄に脚が震えだし、目には涙が溜まる。
目の前の手すりをギュッと握って目を閉じて、このまま耐えるしかないと思った。
その時。
「ねー、そこのおじさん」
1人の男の子の声が、バスの中でとても大きく響いた。
その声のおかげで、さっきまでの気持ち悪い感触はなくなっていた。
「いい歳して、自分の娘くらいの子にそーゆーことして恥ずかしくないの?」
目を開けて声のする後ろを振り返ると、黒の学ランに真っ黒の髪をした真面目そうな男の子が、おじさんの手をしっかりつかんでいた。
きっと、わたしと同じ中学生。
「その子泣いてんじゃん。ねー、おじさん?」
「て、手が軽く当たっただけだろう……!」
男の子のおかげで、その人は次の停留所で逃げるように

バスから降りていった。
　そして肝心のわたしは、ホッと安心したからか気が緩んで、その場に倒れ込んでしまった。
　その時ふわりと甘い匂いがして、誰かに抱きかかえられたような感じがしたが、すぐに気を失った。
　次にわたしが目を覚ましたのは、とある場所のベッドの上だった。
「ん……」
「あら、目が覚めたかしら？」
　目を開けると、真っ先に視界に入ってきた白い天井と、やわらかい女の人の声。
「あ、あれ……ここどこですか？」
「ここは、あなたが受験する予定の高校の保健室。わたしはここの学校の養護教諭だから安心して」
「へ？」
　あっ、そうだ。
　わたし今日入試で、それで高校に向かうために、バスに乗って……。
　そのバスの中で痴漢に遭って……男の子が助けてくれて。そのあとどうなったんだっけ？
「あなた、今日いろいろ大変だったのね。あなたのことを運んできてくれた男の子が事情を全て話してくれてね」
「え……わたしいったい、どうやってここまで……？」
「男の子がおんぶして運んでくれたのよ」
「え……えぇ!?」

な、なんで？　運んでくれたのってバスで助けてくれた学ランの子だよね!?
　というか、なんでわたしの受験する高校がわかったんだろう？
「あなたが手に受験票を持っているのに気づいてね。その男の子も、たまたまここを受験する子だったみたいで、あなたをここまで運んでくれたのよ」
　なるほど……。
　たしか、試験が不安で不安で、手に受験票を握りしめていたんだっけ。
「あ、あの。その男の子は試験に間に合いましたか……？」
「えぇ。あなたを運んだあとに急いで向かったから、心配しなくても大丈夫よ」
　よ、よかった……。
　もし、わたしのせいで試験に間に合わなかったら、申し訳なさすぎる。
　でも、わたしはもう受けられないのかな……。
　壁に掛かっている時計で時間を確認すると、試験はとっくに始まっている。
「あ、あの……」
　わたしの不安そうな顔を見て察してくれたのか。
「あら、そんな不安そうな顔をしなくても、試験のことなら大丈夫よ」
「え？」
「あなたは事情が事情だから、後日特別に試験を受けるこ

とができるから」
「ほ、ほんとですか!?」
「えぇ。男の子が理由をしっかり学校側に説明してくれてね。この子は何も悪くないんで、試験を受けさせてあげてくださいって」

　名前も知らなくて、顔もちょっとしか見ていない今日初めて会った男の子。

　せめて、きちんとお礼くらいは言っておきたかったけど、その日は会えないまま家に帰った。

　後日、試験を受けて、無事にこの高校に入学することができたわたしは、あの日助けてくれた男の子も合格していると信じて、探し始めた。

　入学した頃は、もしかしたら同じクラスかもしれないと期待していたけど、残念ながら、わたしのクラスにその男の子の姿はなかった。

　その後も探してはみたものの、それらしい人は見当たらなかった。試験に落ちてしまったのか……。それとも別の高校を選んだのか……。

　いろいろ考えて、諦めかけていたあの日。

　朝寝坊をして、急いで学校に向かっていた日のこと。

　学校の門をくぐり、下駄箱で靴を履き替えていたら。

　1人の男の子が眠そうにあくびをしながら、ゆったりと歩いてきた。

　その顔を見て、あ……この子知ってる、と思った。

　クラスは違うけれど、1年生の間でかっこいいと噂され

ている有名な男の子。

　噂話に興味のないわたしは、顔を見たことがある程度で、名前は知らない。こんな間近で見たのは今日が初めてだけど、女子たちが騒ぐのがわかるくらい、綺麗な顔立ちをしていた。

　遅刻ギリギリなはずなのに焦る様子もなく、余裕だなぁと思っていたら。

　わたしが横をすり抜けた時、ハッとした。

　ふわりと鼻をかすめた甘い匂い……。

　あの日と同じ匂いがして、あの時助けてくれた男の子だとわかった。

　だけど、見た目がまるで変わってしまっていて、今日まで気づくことができなかった。

　出会った時の綺麗で真っ黒だった髪色は、とても明るい色になっていた。制服も、きちんとした優等生のイメージとは違い、ブレザーの制服を校則を守っているとはいえない着方をしていた。

　これだけ容姿が変わっていたら、見つけられないはずだ。

　ただ、容姿は変わってしまったけれど、すれ違った今の瞬間、間違いなくわたしを助けてくれた男の子だということはわかった。

　その男の子が……天ヶ瀬くんだ。

　その日から、わたしの中で天ヶ瀬くんの存在が、大きくなっていった。

　その後、いろいろと探っているうちに、わかったことが

ある。

　天ヶ瀬くんは面倒ごとに巻き込まれるのが苦手で、いつもやる気がなさそうで、だるそうにしている。

　他人に興味がなくて、揉めごとにわざわざ自分から突っ込んでいくような人じゃない。

　それなのに、あの時の天ヶ瀬くんは、わたしを助けてくれた。

　見て見ぬふりをすればすむはずだったのに、わざわざ止めに入ってくれて、学校まで送り届けてくれた。

　それを知って、好きになった。

　ほんとはあの日のお礼を言いたかった。

　だけど、未だに言えずにいる。

　初めて出会った日と今とじゃ、人が変わってしまったような気がして、声をかけることができなかった。

　たぶん、わたしの気のせいだろうけど。

「……もーも」
「…………」
「おい、起きろってば」
「……ん」
　なぜか懐かしい昔の夢を見ていた。
　重いまぶたを開けると、カーテンから入ってくるまぶしい朝日とともに、見覚えのある顔が飛び込んできた。
「やっと起きたか」
「……しゅーと」

鏑木愁桃。生まれた時からずっと一緒の幼なじみ。
　家がお隣同士っていうありがちなパターンだけど、生まれた年も、生まれた日も偶然一緒。
　もともと親同士の仲がよくて、お互い子供ができたら結婚させたいなんて考えていたみたいで。それが偶然にも、浅葉家には女の子、鏑木家には男の子が生まれたのだ。
　ちなみに、わたしのももって名前と、愁桃の名前には、２人とも"もも"が入っている。
　わたしと愁桃が生まれた日に、桃の花がとても綺麗に咲いていたことから、名づけられたんだとか。
「お前どーした。なんか目に涙溜まってるけど」
「ん……ちょっと昔の夢見てた」
「……また天ヶ瀬のこと思い出してたのか？」
　愁桃は、わたしが密かに天ヶ瀬くんに想いを寄せていることを知っている。
　もちろん、受験当日の出来事も。
「お前いい加減諦め──」
「諦められるわけないじゃん」
　愁桃はずっと、口を酸っぱくして天ヶ瀬くんはやめろって言ってくる。
　あんなのただの女タラシだろって。
　たしかに愁桃の言うことは間違っていないけど、好きになってしまったものは仕方ない。
　だって、好きって気持ちは簡単には消えてくれないから。
　それに優しいところがあるって、わたしは知っている。

女タラシってひとくくりにしないでほしい。
「お前なぁ」
そして、もう1つ。
愁桃が天ヶ瀬くんのことをやめろと言う理由がある。
「なんでずっと近くにいるのに、お前は俺を見ねーんだよ」
そう、それは愁桃がわたしのことを好きだから……だ。
幼い頃から愁桃はわたしのそばにいてくれて、守ってくれるヒーロー的な存在。
もちろん、この流れでいけば2人は想い合って、付き合うのが妥当かもしれない。
だけど、わたしはそんな感情を抱くことができなかった。
反対に、愁桃はずっとわたしを想ってくれている。
愁桃の顔立ちは普通にかっこいいし、整っている。
中学に入ってから、背も伸び始め、顔も男らしくなってきて、女の子たちからしょっちゅう告白されていた。
なのに、その度に『ごめん。俺にはももがいるから』というセリフで振るのがお決まりだった。
モテるくせに、彼女を一度も作ったことがない。
それくらい、愁桃の気持ちはどこまでもわたしに一途で、他の人に向かない。
……天ヶ瀬くんとはまったくの正反対。
「愁桃のことは……好きだよ」
「んじゃ、なんで彼女になってくれねーの？」
「それは昔から言ってるじゃん。愁桃への好きはそういう好きじゃないって」

愁桃のことは嫌いじゃない。
　こんなどうしようもないわたしを、ずっと好きだと言ってくれて、そばにいてくれて。
　心配性で、過保護で、世話好きで。
　こんないい人、滅多にいない。
　だから、一度は愁桃のことを恋愛対象で見てみようって努力したこともあった。
　だけど、どうしてもわたしの中にいる天ヶ瀬くんを上回ることはなくて、愁桃に対して恋愛感情の好きは芽生えず、家族のような大切な存在のまま、止まっている。
「俺はこんなにお前が好きなのにな」
　その気持ちに応えることができたらいいのに……。と、いつも思うけど、できないのが心苦しい。
　答えに詰まり、ふと部屋の時計に目をやると、遅刻ギリギリの時間。
「嘘っ！　もうこんな時間！」
　あわてて愁桃を部屋から追い出し、支度をすませ、２人で学校に向かって足早に歩きだした。
　いつも何か会話をするわけじゃないけど、愁桃とは何も話さなくても、並んでいるだけで落ち着く。
　幼なじみの安心感ってやつかな。
　学校に着いて、門をくぐって下駄箱に行くと。
「若菜ぁ、元気出して！」
「うぅ……っ」
　涙を流す女の子と、その女の子を励ます子が２人立って

いた。
　人目を気にせずこんな盛大に泣いているということは、よっぽどのことがあったに違いない。
　少なくとも自分には関係ないと思い、下駄箱をパカッと開けて靴を履き替えた。
「うぅ……わたし、何がダメだったのかなぁ……っ」
「若菜は何も悪くないよ！」
　自分には関係ないと思い、その場を通り過ぎようとした。
「悪いのは天ヶ瀬くんだよ！」
　……だけどどうやら、それは無理そうだ。
　泣いている子をよくよく見ると、昨日の朝、天ヶ瀬くんに駆け寄っていた女の子だった。
　そういえば、付き合ったばかりだったんだっけ……。
　そうか、わたしが天ヶ瀬くんと付き合うことになってしまったから。その結果、この子が傷つくかたちになってしまったんだ。
　わかりきっていたこととはいえ、いざ泣いている子を目の前にすると、もしわたしがこの子の立場だったら……なんて考えてしまい、胸が少し苦しくなった。
「なんで急に別れようなんて……っ」
　なんだか気まずくて、その子と目が合わないように、そのまま横を通過した。
　教室まで向かう廊下の途中で、わたしの少し後ろを歩く愁桃が、「あんな最低なやつがそんなにいいのかよ」とボソッと言った。

最低なやつ……か。
「……最低なのはわたしも一緒だよ」
「は？」
「あの子を傷つけた原因は、わたしにもあるだろうし」
　わたしが昨日あんなことを言わなければ、あの子は今日も幸せそうに笑っていられただろうに。
「お前まさか……」
　昔から愁桃は勘(かん)がいいから、わかってしまったみたいだ。
「そのまさか」
「っ！」
　教室に着いて、中に入ろうとしたのに、後ろから愁桃がグッとわたしの手首をつかんだ。
　振り返ると、今まで見たことがないような表情をした愁桃がいた。
　顔を歪めて、余裕がなさそうにしている。
「……なんでだよっ！　お前他の女たちとは一緒にされたくねーって言ってただろ」
　そうだよ、他の子たちと一緒にされたくなかった。
　だから、他の子とは違う方法を取ったんだよ。
『好きにならない自信ある』なんて。
　強がって、勢いで言ってしまったひと言だけど、結果として、少しでも天ヶ瀬くんに近づけたなら、それでいいと思ってしまう。
　この関係を壊したくなかった。
　どうにか愁桃にうまく言って、この場を乗りきろうと口

を開こうとした時だった。
「俺の彼女になんか用?」
　それを遮るように、自然と耳に入ってきた声。
　同時に後ろから長い腕で抱きしめられて、甘いムスクの香りに包まれた。
「天ヶ瀬……くん」
「おはよ、もも」
　っ!?
『もも』なんて、昨日は呼んでくれなかったくせに。
　不意打ちで呼ぶのは反則だ……っ。
　名前を呼ばれたくらいでドキドキしていたら、心臓がいくつあっても足りない。
　自分の手で頬に触れると、さっきよりも熱かった。
　赤くなっているであろう顔を隠すために、下を向いた。
「お前……っ!」
　すぐさま、愁桃が天ヶ瀬くんの肩をつかんで睨みつけた。
「なーに?」
「遊びならやめろよ」
「……は?　何が遊びなわけ?」
「とぼけんな。ももにことだよ。どうせ遊びだろ!　だったら——」
　愁桃がわたしの腕をつかんで、天ヶ瀬くんから引き離そうとした瞬間。
「本気だって言ったらどーなの?」
「は……?」

「え……？」
　あまりにも衝撃的なひと言で、愁桃と同時に声を出してしまった。
「俺がもものこと本気だって言ったら、あんたは諦めてくれんの？」
　ちょっと、なに言ってるの？
　そんな気持ち、ないくせに。
　変に期待させないでほしい。
「お前が本気になるわけねーだろ！」
「さあ。それは俺にしかわかんないことだし？　カンケーないあんたに、いろいろ言われる筋合いないんだけど。あとさ……」
　今度は天ヶ瀬くんが愁桃に迫る。
「俺、自分のものに手出されるの大っ嫌いだから」
　聞いたことのない、低い、しっかりした声色だった。
　それを聞いていたわたしと愁桃は呆然としていた。
「行くよ、もも」
「へ、えっ、あ……もうすぐホームルームが……」
「うるさい。黙って」
　1人でキョドっている間にも、天ヶ瀬くんはわたしの手を引いて、教室から遠ざかっていこうとする。
　愁桃は悔しそうな顔をしていたけど、黙ってその場に立ち尽くしていた。
　そして、天ヶ瀬くんに連れてこられたのは屋上につながる階段の踊り場。

何も言わず、壁に身体を押しつけられた。
　逃げ場はない。
「んで、あいつはもものなんなの？」
「あいつって愁桃のこと……？」
「そう。なんか一緒に来てたみたいだけど」
「あ、あれは……いつも一緒に登校してて。ただの幼なじみで、別に何かあるとかじゃ……」
「んじゃ、俺も他の女の子と一緒に登校していいの？」
「っ、それは……やだって昨日言った」
　そう。昨日キスをされたあと、わたしから１つお願いをしたのだ。『わたし以外の子とあまり仲よくしないで』と。
　仮にも彼女であるわたしがいるのに、他の子と一緒にいるところは見たくもない。
　それくらいのわがままなら、聞いてくれてもいいんじゃないかと思って言ってみた。
　でも結局、それに対する返事はなかった。
　きっと、他人に縛られるのが嫌いなんだと思った。
　そもそも天ヶ瀬くんはわたしのことなんて好きじゃなくて、自分のことを好きにならないと言いきるわたしが、都合がよくて彼女にしただけ。
　だから、そんなわたしに天ヶ瀬くんを縛りつける資格はない。
「ももは自分勝手だね」
　その言葉、そっくりそのまま返してあげたいくらい。
　さっき愁桃に本気で好きだったら？と言ったのも、自分

のものが他人に取られるのが嫌で、別にわたしだから取られたくないとか、そういうわけじゃない。
「天ヶ瀬くんのほうこそ……面倒なことに巻き込まれるの嫌いなくせに」
「うん、嫌いだよ」
「だったらなんで……わざわざ愁桃に絡むの？」
　別にわたしが愁桃や他の男の子と話していたり、一緒にいたりしても、なんとも思わないはずなのに。
　だったら放っておけばいいのに。
「さっき言ったの聞いてなかった？」
「え？」
「自分のものに手出されるの嫌いだって。ももは俺のものって自覚しなよ」
　何それ……。
　変なところで、そんな独占欲みたいなの出してこないでよ。自分勝手なのは、天ヶ瀬くんのほうだ。
　今まで自分の彼女の顔も、まともに覚えていなかったくせに、よくそんなことが言えるもんだ……。

天ヶ瀬くんは優しくない？

　天ヶ瀬くんの彼女になってから、早くも2週間が過ぎようとしていた6月下旬。

　地味な高校生活を送っていたのに、天ヶ瀬くんと付き合い始めたことが学校中で噂になってから、突然有名人扱いをされるようになってしまった。

　今だって廊下を歩いているだけなのに、こちらを見ながらヒソヒソと女の子たち数人がわたしを指さしている。

　はぁ……やっぱりこういうことになるんだよね。

　しまいには、「あの、ちょっといいですか？」なんて声をかけられて、対応するのも日常になってきてしまった。

　リボンの色を見ると、2年生の赤色のリボンではなく、青色のリボン。1つ下の1年生だ。

　ちなみに、3年生は緑色のリボンをしている。
「何かな」
　顔も初めて見る、喋ったこともない子だった。

　つまり、これは天ヶ瀬くん関係のことで何か聞かれるに違いないなと思っていると、案の定天ヶ瀬くんのことについてだった。

　どうやら、この子は天ヶ瀬くんに片想いをしているみたいで、噂でわたしが天ヶ瀬くんの彼女だということを聞いて、事実なのかをたしかめに来たらしい。

　まあ……付き合っているのは事実なので、それを伝える

と、泣きそうな顔をされてしまった。

これじゃ周りから見たら、わたしが下級生をいじめているみたいに見える。

なんて思っていたその時。

わたしの視界にある人が入ってきた。

噂をすれば……とはこのことか。

「あ、天ヶ瀬先輩……っ」

相手の子も気づいたようだ。

なんでこのタイミングで現れちゃうかなぁ……。

天ヶ瀬くんは声をかけてきた後輩の女の子をチラッと見て、次にわたしを見た。

そして、察したのだろう。

「あー……そーゆーこと」

これが天ヶ瀬くんにとって面倒ごとだということを。

もはや、それが顔と声に出てしまっている。

彼氏なら普通ここで、困っている彼女のために、『俺の彼女になんか用？　用があるなら俺に言えば？』的なセリフを言うのだろうけど。

まさか、天ヶ瀬くんがそんなことを言ってくれるわけもなく。

むしろわたしに近づいてきて、後輩の女の子に聞こえないように、耳元でボソッと。

「あんま面倒なことにならないよーにね」

なんて言って、わたしを置いて去っていってしまうんだから。

去っていく背中をキッと睨んでやった。

女の子に絡まれて困っていても、天ヶ瀬くんは決してわたしを助けてくれない。

いちおう付き合っているのに、一緒に帰ったりはしないし、お互い連絡先(れんらくさき)も知らない。

毎日、教室で顔を合わせているのに、会話なんか滅多に交(か)わすこともない……。

まるで倦怠期(けんたいき)の夫婦みたいだ。

かたちだけ付き合っているってだけで、付き合っていない頃と何も変わっていない。

ただ変わったことといえば、わたしが女の子たちに絡まれる回数が増えたことと、愁桃がますます口うるさくなったことくらいだ。

天ヶ瀬くんが去ったあと、後輩の女の子の対応をしてから教室に向かった。

「ももー、おはよ」

「あぁぁ、花音(かのん)おはよ……」

教室に着いて前の扉を開けると、入り口付近に座っている、わたしの友達の並木花音(なみきかのん)が真っ先に声をかけてきた。

「なんかお疲れ気味(つか)?」

「うん、ちょっとね」

「もしかして、また天ヶ瀬くん関係?」

「ん……そんなとこ」

花音はわたしが天ヶ瀬くんを好きなこと、付き合うことになった経緯も全て知っている、とても信頼(しんらい)している友達

の1人。
　花音は見た目は綺麗系。ストレートの髪に、とても小さい顔。サバサバしている性格で、言いたいことを容赦なく言ってくる。
「大変だねー、タラシくんの彼女は」
「タラシくんって言い方やめてよ」
「事実じゃん？」
「そうだけども！」
　天ヶ瀬くんがタラシくんだということは、否定できないから仕方ない。
「そんな調子で愁桃くんは大丈夫なのー？」
「全然大丈夫じゃないよぉ……」
　今にも泣きそうになる。朝から疲れすぎて、口角が上がらない。
　こちとら女の子に絡まれて大変だっていうのに、それに加えて愁桃のことも……。
「愁桃くん、もものこと大好きだもんねー」
「うぅ……」
　いろいろ悩ましい……。
　とりあえず今は、愁桃をなんとかしなくてはいけない。今朝だって、逃げるように家を出て、1人で登校してきたんだから。
　幸い、愁桃とはクラスが違うから、そこだけが救いかもしれない。これでクラスまで一緒だったら、口うるさくて大変だもん。

花音と話を終えて、自分の席に向かうと。
「おっ、佑月の噂の彼女が来た」
　ふと見ると、星川くんが天ヶ瀬くんの席の横に立っていた。わたしの姿を見つけると、何やら楽しそうな顔をしている。
　ちなみにさっき、見事にわたしの危機をスルーしていった薄情者(はくじょうもの)さんは机に突っ伏しておやすみ中。
「"噂の"って言い方やめてよ」
「だって、あの佑月が彼女と２週間くらい続いているんだよー？　長続きしないこいつが。今まで何人彼女いたんだっけ？」
　星川くんがそう言いながら、天ヶ瀬くんの元カノの人数を思い出して、指折り数えている。
　その様子を見て、２桁は超えているんだろうなと思った。
「そんなの、たまたま続いてるだけだよ……」
　この関係は天ヶ瀬くんの気持ち次第。
　飽きたらそれで終わり。
　きっと、そう。
　絶対にわたしから別れを告げることはないんだから。
「いやー、こいつにしては珍(めずら)しい。もしかして意外と、ももちゃんのこと気に入ってたりし……いてっ！」
　さっきまで机に伏せて、寝ていたはずの天ヶ瀬くんが起きていて、星川くんの腰(こし)のあたりを軽く肘(ひじ)で突いた。
「バーカ、余計なこと喋んな」
　なんだ、起きてたんだ。

「いやいや、お前のほうこそ、いきなり突つくことねーだろ?」
「ももにちょっかい出すな」
「ほー? お前って独占欲とかある人間だっけ?」
「……うるさい」
　言い返す言葉が思い浮かばなかったのか、再び顔を伏せてしまったので、星川くんの言葉に天ヶ瀬くんがどんな顔をしていたのか、見ることができなかった。
　別に、わたしは気に入られているわけじゃない。
　ただ、面倒なことに巻き込まれないためだけに、わたしを彼女にしているだけ。
　こんなのただの偽りの彼女。
　気持ちがあるのは、いつもわたしだけ。

　──放課後。
　わたしはホームルームが終わると同時に、教室を飛び出す準備をしていた。
　いつも、愁桃がわたしのクラスまで迎えに来るから、それから逃げるために。
　ここのところ顔を合わせるたびに、天ヶ瀬くんと別れろ別れろってしつこく言ってくる。
　授業で疲れた帰り道に、グチグチ言われたら、たまったもんじゃない。
「はい、じゃあ今日はここまでー。皆さん気をつけて帰ってねー」

先生の声と同時に、教室を飛び出した。
　愁桃のクラスは、まだホームルームが終わっていないみたいだ。
　よっし、このまま逃げれば!!
「あのさ、あなた浅葉ももちゃん?」
　走りだそうとした直後、背後からわたしを呼ぶ声がした。
　うわ……最悪だ。またしても、女子から声をかけられた。
　はぁぁぁ……もう今日これで何人目だろう。
　嫌々振り向くと、派手な見た目の女の人たちが３人。リボンの色を見ると、緑色。
　げっ、今度は先輩か……。
「えっとー、そうですけど……」
「ちょっといい?」
　なかなか厄介（やっかい）な人たちに目をつけられてしまった。
　そして、連れてこられたのは体育館の倉庫。
　これは閉じ込められるパターンなのだろうかと考えていたら、あっという間に先輩たちに囲まれてしまった。
「あなたさ、天ヶ瀬くんのなんなの?」
　なんなのって言われても……。彼女ですけど?　なんて言ったらタダですむわけないことくらいわかる。
「えっと……」
「はっきり言えば?」
　いやいや、はっきり言ってもどうせ同じことでしょ?
「あんたなんか天ヶ瀬くんに遊ばれてるだけなんだから。身の程を知ればいいのよ」

そう言うなり肩をドンッと突き飛ばされて、足が絡んで地面に身体を打った。
「そっちが勝手に倒れたんだから、わたしたちのせいとかにしないでよ？」
　そう言い放つと、倉庫の扉を閉められてしまった。
　災難なことに、この倉庫は外からしか鍵が開かない。
　朝からずっと天ヶ瀬くん関係で女の子たちに絡まれて、ひどい目に遭っている。
　今までも、こうやって裏では女子たちが揉めていたのかもしれない。
　とりあえず、どこか抜け出せるところがないか探そうと立ち上がった時。
「痛っ……！」
　足に痛みが走った。
　転んだ時に足をくじいたみたいで、自力で立つことができない。
　ほんとついてない……。
　どうやらここから脱出できる方法がなさそうだと落胆していたその時だった。
　ブーブーッとスカートのポケットに入っているスマホが震えた。
　着信画面には、【鏑木愁桃】と表示されていた。
　あぁ、もう……！　なんで、このタイミングで……。
　このまま電話に出て、助けてもらったほうがいいかもしれない。

だけど。
　プツッと画面を切った。
　もし、ここで愁桃に助けを求めたら、こんな目に遭ったのは天ヶ瀬くんのせいだとか言って、もっとうるさくなることは目に見えている。
　まあ、天ヶ瀬くんのせいだっていうのは事実だけど。
　愁桃を頼れないとなると……。
　花音の顔が浮かぶけど、残念ながら今日は彼氏さんとデートだと言っていた。そんな中、呼び出すわけにもいかない。
　残るは……。
　ふと、天ヶ瀬くんが浮かんだ。
「ははっ、まさか……」
　そもそも連絡先すら知らないのに、助けを求められるわけがない。
　今朝だって、わたしが困っていても助けてくれなかった。
　そういう人だっていうのはわかりきっているのに、天ヶ瀬くんを思い浮かべてしまうわたしってなんなんだろう？
　そもそも天ヶ瀬くんは、わたしがこんな目に遭っていることなんか、知るわけないのに。
「……天ヶ瀬くんのバカヤロー！」
　床(ゆか)にペシャンと座りながら、大声で叫んだ。
「天ヶ瀬くんのせいで足くじいた！」
　どうせ、こんな体育倉庫に誰も来ないし、助けてもらえないだろうし。

だったら、とことん不満を叫んでやる。
「なんでわたしがこんな目に遭わなきゃいけないのー！　何も悪いことしてないのにー！　天ヶ瀬くんのタラシ！　女好き、バカヤロー！」
　散々叫んでスッキリした。
　もし、こんなの本人に聞かれたら大変だ。そう思った矢先、扉越しから、「誰がタラシだって？」と、聞き覚えのある声が聞こえてきた。
「……へ？」
　すると、目の前の重い扉が開いたと同時に。
「そんな可愛くないこと言ってると、助けてあげないよ？」
　目の前に、いるはずのない人物が立っていたことに、驚きを隠せなかった。
「あ、天ヶ瀬くん!?」
　嘘、なんでいるの!?
　状況がいまいち理解できていなくて戸惑っているわたしを見て、イジワルそうに笑いながら近づいてくる。
「せっかく助けに来てあげたのに、まさか俺の悪口叫んでるとはねー」
「うっ……」
　追い討ちをかけるように言葉をかけてくる。
「このままここに置いていこーか？」
「そ、それは困ります……」
　今ここで天ヶ瀬くんに見捨てられたら、ここで一夜を過ごすことになってしまう。それだけは回避したい。

すると、なんとも楽しそうな顔をしながら、座っているわたしに目線を合わせて、同じように天ヶ瀬くんもしゃがんだ。
「助けてほしい？」
　首を傾けながら聞いてくる。
「も、もちろん」
　すると、天ヶ瀬くんの人差し指が、わたしの唇にグッと押しつけられた。
「んじゃ、ももからキスしてくれたら助けてあげる」
「ん……？　は、はぁ!?」
　いや、なぜにこの状況でその考えに至る!?
「ほら、はやーく」
「いや、天ヶ瀬くん。頭は正常ですか？」
「いつもどおり正常」
「異常としか思えな──」
「それ以上余計なこと喋ったら、そのうるさい口塞ぐよ？」
　笑っているけど、圧がすごいよ……。
　もう、なんなの……。
　いきなりキスなんて。
　何を考えているの？
「早くしないと帰っちゃうよ？」
　この気まぐれな性格をどうにかしてほしい。
「む、無理……だよ……っ！」
「なんで？」
「だって、わたし……天ヶ瀬くんみたいにキスうまくない

もん……」
　まだ一度しかしたことないけど、天ヶ瀬くんはキスが上手だと思った。
　そんな人に自分からするなんて絶対無理。
「たくさんすればうまくなるよ」
「っ……」
　あぁ、今傷ついた自分がバカみたい。
　わたしにとっては初めてのキスでも、天ヶ瀬くんにとっては、何回もしたうちのたった１回にすぎないのに。
　こんなことでいちいち傷ついていたら、この先やっていけるわけがない。
　一瞬でグシャッと崩れた自分の顔を隠すように俯いた。
「もーも」
　もう、顔を上げられない。
　瞳にじんわり涙が溜まってきた。
　泣くな、バカ……っ。泣いていることがバレないよう、必死に堪えようとする。
　だけど、鼻をすすってしまって、泣いていることがバレてしまったに違いない。
「はぁ……」
　ため息が聞こえた。
　ほら、呆れている。
　そのため息が、さらに涙を誘い、雫が下にポツリと落ちたその時。
　身体がふわっと浮いた。

「へ……っ?」
　天ヶ瀬くんは何も言わずに、わたしをお姫様抱っこしたのだ。
「ちょっ、天ヶ瀬くん……!　何するの!?　恥ずかしいからおろして……!」
　わたしが必死に訴えかけるのに、天ヶ瀬くんは聞く耳を持たず、体育倉庫をあとにした。

気まぐれ、2度目のキス。

 その足で向かった先は保健室だった。
 保健室に着くと、一番近くのベッドに座らせられた。
 ドキドキバクバクうるさくしていた心臓の音は、まだ収まらない。
「ちょっ、天ヶ瀬くん……?」
 突然のことで頭が追いつかない。
 さっきまでの涙はどこかへいってしまった。
 わたしが呼んでも反応するどころか、無視して何かを探している。
 そして目的のものを見つけると、こちらにやってきた。
「脚、貸して」
「え?」
「痛いんでしょ?」
「へ?」
 ふと自分の脚を見てみると、膝を擦りむいていた。
 足首をひねったのは自覚していたけど、まさか膝を擦りむいているとは気づかなかった。
 どんくさいなぁ、なんて考えていたら。
「手当してあげる」
 天ヶ瀬くんの手がわたしの脚に触れた。
 ただ、触れられただけなのに。
 こんなに胸を騒がしくしているわたしは、相当天ヶ瀬く

んに夢中なのかもしれない。
「ん、できた」
　わたしがドキドキしているなんて知る由もない天ヶ瀬くんは、淡々と手当てをしてくれた。
　というか、なんでいきなり手当てをしてくれたんだろう？　さっきまでキスがどうとか話していたのに。
「泣くほど痛かった？」
　天ヶ瀬くんは首を傾げながら、不思議そうにわたしを見ていた。
　ま、まさかとは思うけど……。
　わたしが泣きだした理由、脚が痛かったからだと思われてる!?
「い、いや。そんなに痛くなかった」
　むしろひねった足首のほうが痛い。
「んじゃ、なんで泣いたの？」
　し、しまった……。いっそのこと擦り傷のせいってことにすればよかった。
「あ……脚が痛いから泣いた」
「は？　今痛くないって言ったのに矛盾してない？」
　そこは突っ込まないでスルーしてよ。
「擦り傷じゃなくて、ひねった足首が痛かったの！」
　なんとかこれで納得してくれないだろうか。
「……なに、足首もケガしてんの？」
　そりゃ、突き飛ばされましたからね。痛いですよ。
　すると、わたしのそばから離れ、今度は湿布を持ってき

てくれた。
「もっかい脚貸して」
「え、いいよ！　自分でやるから！」
　何度も触れられたら、こっちの身がもたない。
　なのに、天ヶ瀬くんはそんなのお構いなしで。
「んっ……冷たっ」
　ひんやり冷たい湿布を足首に貼られて、変な声が出てしまった。
「そんな声出すんだ？」
「い、今のは不意打ちってやつだもん」
「俺、もものそーゆー声好き」
「なっ……！」
　顔がボッと赤くなったような気がした。
　動揺するわたしの隣に天ヶ瀬くんが腰をおろして、とんでもないことを言いだした。
「ねー、もも」
「な、何？」
「……キスしたい」
　さっきまで恥ずかしくて緩んでいた表情が、天ヶ瀬くんの言葉で今度はピシッと固まった。
　ただの気まぐれで、言ってきているに違いない……。
　すぐに、隣に座る天ヶ瀬くんを見た。
「え……？　いや、なに言ってるの、天ヶ瀬く……」
　こんなことを言っている間にも、天ヶ瀬くんは慣れた手つきでわたしの頬に手を伸ばしてくる。

「したい気分になった。だからする」

　そんな気まぐれなことが許されるだろうか。普通なら拒否するところなのに……。

　許そうとしているわたしは、きっと、この先を期待している。

　好きでもないくせに、求めてくるのは、ほんとにずるい。

　いろんな感情があふれてくるけど、迫ってくる手が何も考えさせてくれない。

　わたしの髪を耳にスッとかけて、指で唇をなぞるように触れてくる。

　この動作ですら、胸の音がバクバク鳴りやまない。

　ダメだ……逃げられない。

　覚悟を決めてギュッと目をつぶると、フッと笑い声が聞こえた。

　そして、チュッと軽く頬にやわらかい感触が触れた。

　驚いて目を開けると。

「力入りすぎ」

　そう言われた時には、もう遅かった。

　頬にキスをされて、安心したのはつかの間だった。

　完全に油断していた。

　そのあとすぐに、唇がやわらかい感触で包まれた。

　初めてした時より少しだけ長く、そして、さりげなく唇を甘く噛まれる。

　身体がピリッと痺れる。

　ベッドについていた右手に力が入って、シーツを思わず

ギュッと握ると、上から天ヶ瀬くんの手が重なってきて、さらに動揺する。

　自分が自分じゃないみたいで、変な声が出ないように抑えようとすると。
「……声、我慢してんの？」
「っ……ない」

　もはや声にもなっていない。

　そんなわたしをからかうように、さらに深く口づけをしてくる。

　初めてした時と比べものにならない。

　ここまできたら、どこまでも天ヶ瀬くんにはまっているんだって教え込まれているみたいだ……。

　唇が離れた時には、全身が熱くて、意識がぼんやりして、酸素を取り込むのに必死だった。

　それに対して天ヶ瀬くんは息を切らすどころか、なんだかもの足りなそうにすら見える。
「煽ったももが悪いから」
「へ……？」

　間抜けな声を出している場合じゃない。

　わたしの身体は、いとも簡単に天ヶ瀬くんの手によって、押し倒されてしまった。

　ギシッとベッドの軋む音が聞こえた時には、天ヶ瀬くんが覆い被さるように、上からわたしを見下ろしていた。

　自らネクタイに指をかけて、シュルッと緩めた。

　この動作１つに色っぽさを感じてしまう。

思わず見とれてしまって、目が離せない。
「……もも」
「ちょっ、耳は……っ」
　急に耳元で名前をささやかれて、思わず身体がピクッと反応する。
　なんとか逃れようと身体をよじるけど、それに気づいた天ヶ瀬くんは、「……抵抗する余裕あるんだ？」と、両手首を片手で簡単に押さえつけてきた。
　このままだと、確実に危ない予感がする。
　いくら鈍感なわたしでも、この状況が何を意味するのかくらいわかる。
　何もかも初めてなわたしとは違って、天ヶ瀬くんには余裕がある。
　今だって見下ろす瞳は、慣れていないわたしの反応を見て楽しんでいる。
「ま、待って……」
「そんな余裕ないって言ったら？」
　またそうやって、イジワルなことを言ってくる。
　女の子に触れるの慣れてるくせに。
　どうせ、たいして好きでもない子とでもできるくせに。
　あぁ、もう嫌だ……。余計なことばかり考えてしまう。
「よ、余裕あるくせに……」
「へー、もものくせに口答えすんだ？」
　生意気じゃん、と言わんばかりの顔でこちらを見てくる。
「そーやって顔を真っ赤にして、反抗してくるの嫌いじゃ

ない。むしろ好き」

　今度こそ逃げられない。

　そう思った時だった。

　ガラガラッと保健室の扉が開いた音がした。

「あら、誰かいるのかしら？」

　すぐに綺麗な声が聞こえてきた。間違いない、養護教諭の浜山先生の声だ。

「あー、邪魔入った」

　天ヶ瀬くんがバツの悪そうな顔をして言った。

　そして、わたしたちがいるベッドのほうに浜山先生が来るなり、目をパチクリさせている。

　……あ、しまった。

　覆い被さる天ヶ瀬くんを見て、やばいと思った。

　これはどう見ても、誰が見ても、そういうことをしようとしているようにしか見えない。

　ここは学校の保健室だっていうのに。

　なんてこった、こんな恥ずかしいところを先生に見られてしまうとは……。

「あなたたち、ここで何をしているのかしら？」

　先生はにこにこ笑っていた。……いや、正確に言えばこめかみに怒りマークが出ていた。

「あ、いや、えっとこれは……！」

　わたしが必死に何か言い訳をしようと頑張っているのに、天ヶ瀬くんはそれを盛大に無視して。

「見てわかんないんですか？」

ちょ、ちょっと!!　この人なに言ってるのかな!?
　なんでそんな偉そうな口調なの!?
「あなたね、そんな生意気なこと言ってると出入り禁止にするわよ?」
　浜山先生がピシッと天ヶ瀬くんを指差し、口調にも怒気が混じっている。
「へー、どうぞご自由に」
　反省の色をまったく見せず、緩めたネクタイを軽く直していた。
　こ、これは生徒が先生に取る態度だろうかと、目の前の光景に目を疑う。
「あなたも、こんなタラシくんの相手しちゃダメよ?」
「え?」
　先生、今たしかにタラシくんって言った?
「この子ってば隙があれば女の子を連れ込むんだから」
　先生が呆れた様子でため息を漏らした。
「せんせー、その言い方だと俺が最低な男みたいに聞こえるんですけど。あと、連れ込んでるんじゃなくて、相手してほしいって言われて連れ込まれてるんですけど」
「あら、そうなの?」
　なんだ……。
　そっか、勘違いしちゃいけない。
　天ヶ瀬くんがわたしに触れてくるのは、好きだからとかじゃない。
　いろんな子とキスだって、それ以上のことだって……し

てるんだから。

　触れられてドキドキして、バカみたいだ。

　こうやって触れるのがわたしだけなら、こんな気持ちになることはないのに。

「今日のところは見逃してあげるから早く帰りなさい」

　先生にそう言われて、2人で保健室をあとにした。

　湿布が効いたのか、脚の痛みはひいたようだ。

　下駄箱で靴を履き替えて、門まで歩いている時だった。

「あ、そういえば……」

　ふと、あることが気になって声を出してしまった。

「何？」

「どうしてわたしが、体育倉庫に閉じ込められてること知ってたの？」

　あの時、普通に天ヶ瀬くんが登場して助かったけど、よくよく考えてみると、わたしがあんなところに呼び出されているなんて知るわけないのに。

「あー……あれ。たまたま教室出た廊下のところから、もが連れていかれるのが見えたから」

「それで助けに来てくれたの？」

「さすがに何かされるのわかってて見逃すほど、俺冷たくないから」

　いやいや、何を言いますか。今朝のことお忘れですか？ わたしが困っていても、普通にスルーしたじゃないですか。

「朝は助けてくれなかったくせに……」

　聞こえないようにつぶやいたのに、耳のいい天ヶ瀬くん

には聞こえてしまったみたいで。
「あれくらいは自分でなんとかできるでしょ？」
　と、返されてしまった。
　おまけに「女ってほんと面倒だね」とまで言われた。
　やっぱり天ヶ瀬くんの彼女になるということは、こういうことが頻繁に起こるくらいの覚悟はしておいたほうがいいのだろうか。
　……なんだか先が思いやられる。
　今回は天ヶ瀬くんが助けてくれたけど、今度こんなことになったら誰を頼ればいいのか……。
　前をスタスタ歩いていく天ヶ瀬くんの背中を見て、ふぅっとため息が漏れそうになった時。
　天ヶ瀬くんが急にこちらを振り返った。
　そして、ずっとポケットに突っ込んでいた手を、わたしのほうに差し出してきた。
　な、何かよこせと言ってるの？
　わたしがキョトンとした顔で見つめると。
「スマホ出して」
　よくわからず、カバンの中にあったスマホを手渡した。
　天ヶ瀬くんがわたしのスマホをいじること数分。
　何事もなかったかのように手元に戻された。
「？」
「なんかあった時の緊急用ね」
　画面を確認すると、そこには天ヶ瀬くんのスマホの番号らしきものが登録されていた。

「え……?」
　まさか連絡先を教えてもらえるとは思ってもいなくて、驚いて声が漏れた。
　それは顔にも出ていたみたいで。
「そんな驚く?」
「いや、だって。まさか教えてくれるなんて思ってなかったもん」
　勝手なイメージだけど、天ヶ瀬くんって秘密主義な感じがして、自分のこととか教えてくれなそうだから。
「へー、俺ってももにそんなイメージ持たれてたんだ?」
「え?」
「秘密主義っぽい?」
　一瞬思考が停止して、すぐに戻った。
　まさかわたし、無意識のうちに口に出してた!?
「いや、えっと……天ヶ瀬くんって秘密のかたまりっていうか……」
「……秘密のかたまり?」
　なんだ秘密のかたまりって!　喋れば喋るほど、わけわかんなくなってる気がする。
　天ヶ瀬くんもなに言ってんの?って顔で見てるし!
　これから天ヶ瀬くんの前では、変なことを口走らないようにしないと。
「えっと、なんか天ヶ瀬くんってあんまり自分のことを話してくれないイメージだから」
　最初からこうやって言えばよかったんだ。

「じゃあ逆に聞くけど、ももは俺のこと知りたいとか思うわけ？」

　知りたいよ……本音は。

　知らないことばかりで、ほんとはもっともっと、たくさん知りたいことがある。

　些細なことだって構わない。

　好きなものや嫌いなもの。あげ始めたらキリがない。

　そんな些細なことでも、天ヶ瀬くんのことだったら知りたいと思ってしまう。

　だけど天ヶ瀬くんは、そんな答えは求めていないってわかっている。

　だから、返す言葉に困る。

「もーも」

　呼ばれた声で我に返ったら、ドアップで天ヶ瀬くんの整った顔が飛び込んできた。

　ほんと心臓に悪い……っ。

　少しはこっちの身にもなってほしい。

　胸の鼓動をできる限り抑えて、平然とした顔で、なんてことないって態度で接さないといけないんだから。

「な、何……？」

　一歩後ずさりして距離をあける。

「……知りたくない？　俺のこと」

　お願いだから……そんな誘うような言い方しないでよ。

　こういう聞き方は卑怯だ。

　知りたいって言ったら教えてくれるの？

……そんなことしないくせに。
「知りたい……って言っても教えてくれないでしょ？」
　少しだけ声が震えた。
　きっとそれは向こうにも伝わっただろう。
　フッと勝ち誇ったような笑みを浮かべた天ヶ瀬くんが、わたしの瞳に映った。
「せーかい」
　こうやって心をかき乱されるのが嫌なのに、なかなか抜け出せない。
　むしろ、その秘密に迫りたくて、どんどん深みにはまっていってしまう。
「イジワル……っ」
　勘違いしてしまいそうになる。少しずつ天ヶ瀬くんに近づけているかもしれない……なんて。
「ももの反応が面白いからイジワルしたくなる」
　ニヤッと笑った顔に、不覚にもドキッとさせられてしまった。
　……そんな顔、他の女の子にも見せるのかな？
　いつか、わたしだけに向けられるようになったらいいのに……。
　そんな微かな願いが頭をよぎった。

幼なじみって関係。

　日曜の朝。
　休日なので、ゆっくり寝て過ごそうとベッドで眠っていると、部屋の外が何やら騒がしい。
　……誰かがこの部屋に来る気配がする。
　お母さんは朝から出かけるって言ってたし、お父さんは休みで家にいるけど、用もないのにわたしの部屋に来るわけがない。
　ということは……。
「おい、もも！　起きろ」
　ノックもせず、いきなり部屋の扉を開けて、布団をガバッとめくられる。
「……何、しゅーと……」
　やっぱり……愁桃だと思った。
　まだ寝起きで頭が働いていない状態だっていうのに、目の前にいる愁桃は出かける気満々だ。
「今から出かけんぞ」
「ええ……勘弁してよ。眠い」
　めくられた布団を自分の身体のほうに戻し、再び寝ようとしても、愁桃が阻止してくる。
　もう……どうせ、大したことしないくせに……！
　愁桃はいつも自分がひまな休みの日に、わたしを連れてどこかに行きたがる。

それが昼からならまだしも、朝からってのがきつい。
　だけど、どうせ断ってもしつこくされるだけだから、いつも渋々一緒に出かけている。
　とりあえず部屋から出てもらって、最低限の身支度をすませ、愁桃とショッピングモールに出かけた。
　ショッピングモールに向かうために、普段乗らない電車を使う。
　休みの日だからみんな考えることは一緒なのか、電車は混んでいた。周りは人、人、人！
　だから休みの日は出かけたくないんだよなぁ……。
　人混みに酔いそう。
　昔から人混みがあまり得意ではなくて、人の多いところに出かけたりすると、翌日に吐き気と頭痛に襲われて、発熱することもしばしば。
「大丈夫か？」
「ん、なんとか」
　愁桃もそれを知っているから、心配そうにしていた。
　って……心配するなら最初から連れ出すなよって感じだけど。
　背の高い愁桃は人に埋もれることはないだろうけど、わたしは平均より低いくらいだから、電車とかバスが苦痛でしかない。
　今だって、人と人の間でサンドイッチにされて、つり革もつかめない。
　今ならサンドイッチの具材の気持ちがよくわかる……。

そんなどうでもいいことを考えていると。
『この先、電車が揺れます。ご注意ください』
　車内にアナウンスが流れてきた。
　最悪だ……。頼むから揺らさないでよ、運転士さん。
　なんて、無駄なことを願っていたら、いいことを思いついた。
　つり革に手が届かなくても、近くにいる愁桃につかまればいいだけのことじゃないか！
　わたしって頭いいかもしれない！
　すぐさま愁桃のシャツの裾をギュッと握ってみた。
　よし、これで一安心……。と、思いきや。
　一瞬、愁桃の肩がピクッと跳ねたのが見えた。
　そして。
「バーカ。つかむところが違うだろーが」
「え？」
　裾をつかんでいたはずのわたしの手は、愁桃のあいているほうの手でしっかりと握られてしまった。
　わたしよりも温かい体温。
　いつもいつも、愁桃の手は温かい。
　小さい頃、寒い日はよく、カイロの代わりとか言って手を繋いでいたっけ。
　さすがに高校生になった今は、そんなことしなくなったけど。
「ふふっ」
「……おいおい。どう考えても、ここは笑うところじゃねー

だろ」
「ちょっと昔のことを思い出したら笑っちゃった」
「普通なら照れるところだろーが」
　残念ながら、愁桃のことをそういう対象で見ていないから、照れるよりも先に思い出し笑いをしてしまった。
「ほんと可愛げないのな」
「う、うるさいなぁ」
　こんな会話をしている間に、電車は目的の駅に着いた。
　駅から歩くこと数分でショッピングモールに到着。
「しゅーと！　これ見て見て！」
　着いて早々、わたしたちが向かった先は雑貨屋さん。
　出かける前は文句を言っていたけど、可愛いものを見つけたら、テンションが上がるのが女子なのだ。
　もふもふのウサギのぬいぐるみを見つけて抱きしめながら、この可愛さに共感してほしくて愁桃に見せつける。
　だけど、そういうのにまったく興味がない愁桃は、別のところでマグカップを見ながら、わたしの呼びかけをスルーした。
「もう、しゅーとってば！」
　少し離れた場所にいる愁桃に駆け寄った。
「んだよ。似たようなの、部屋にたくさんあるだろ？」
「いくつあっても可愛いじゃん」
「こんなウサギのどこがいいんだか俺には一生わかんねー」
　そう言いながら、わたしの手からウサギを取り上げて、棚に戻してしまった。

「ほら、さっさと場所移動すんぞ」
「えぇ、まだ見たいのに」
「また連れてきてやるから」

　結局、雑貨屋さんにいた時間はほんの数十分で、すぐにエスカレーターに乗って、違うフロアに連れてこられた。

　そこはメンズの服屋さん。

　中に入っていく愁桃に続いてお店に入った。

　そして中でいろいろと物色していると。

「もも。これどっちがいいと思う？」

　愁桃が黒のTシャツを２枚持って、わたしに見せてきた。

　ど、どっちがいいと言われても。それこそ、さっき愁桃がわたしに言っていたぬいぐるみのように、こんなTシャツ山ほど持っているんじゃないかって思う。

　しかも、色もデザインも似たような感じで、正直違いがわからない。

　わたしだったら、値段の安いほうを買うけどなぁ。

「そんなやつたくさん持ってるじゃん」
「バーカ、全然ちげーよ」
「えぇ……じゃあどっちも買えばいいじゃん」
「選ぶ気ゼロかよ」

　ブツブツ文句を言いながら、選ぶのにかなり時間をかけていた。

　男ならスパッと決めればいいのに。

　なかなか決められない愁桃を放っておいて、店内をぶらぶら見て回る。

そこでふと思った。
天ヶ瀬くんの私服ってどんなのなんだろう？
休日に会うことはないから、私服を見る機会なんてないもんなぁ。
天ヶ瀬くんに会えるのは明日の月曜日。
昔は好きだった休みが、今はそんなに好きじゃない。
だって天ヶ瀬くんに会えないから。
早く会いたいなぁ……なんてことを考えていたら、買い物を終えた愁桃が戻ってきた。
服屋さんをあとにしたわたしたちは、１時間弱くらい、他のお店も見て回って歩き疲れてしまったので、近くにあったベンチに腰をおろした。
「疲れたぁ……もう歩けない」
「少し歩いただけじゃねーか」
「歩くの好きじゃないもん」
「知ってる。昔はよく俺がおんぶして帰ったもんな」
「それは子供の頃の話でしょ！」
さすがにこの歳になったら、できるわけないけど。
「今日もおんぶして帰ってやろーか？」
「けっこーです」
他愛のない話をしていたら、誰かがこっちに向かって歩いてくるのが見えた。
遠目だけど、一瞬でそれが誰なのかわかってしまった。
ドクッと心臓が変な音を立てながら、身体から嫌な汗が出てくる。

さっきまで上がっていたテンションは、一気に急降下していった。
　　表情もさっきよりも曇っているに違いない。
　　ほんの少し前まで会いたいと思っていた人が、近づいてきているのに……。
「おい、もも。どーした？」
　　わたしの不自然な様子に気づいた愁桃の問いかけに、応えることができない。
　　言葉が出ない、表情もまともに作れない。
「……おい、あれって」
　　わたしの視線の先をたどった愁桃にも、気づかれてしまった。
「なんで天ヶ瀬が他の女と一緒にいんだよ」
　　そう……。こっちに向かってきたのは天ヶ瀬くん。そして、その隣には女の子がいたのだ。
　　女の子……というより女の人って言ったほうがいいかもしれない。
　　たぶん、わたしより年上だと直感で思った。
　　とても綺麗な人だ……。
　　長くて、綺麗なストレートの髪。色が白くて、化粧もバッチリしている。服装も肌の露出が多いけど、脚が長くて、スタイルがいいから似合っている。
　　徐々に距離が近づき、ついに天ヶ瀬くんにもこちらの存在を気づかれてしまった。
　　そして、わたしたちの目の前で足を止めた。

「佑月どーかしたの？」

　隣にいた女の人が、甘い声で天ヶ瀬くんに話しかける。

　親しげな呼び方……。

　そして、天ヶ瀬くんの腕にギュッとしがみつく細くて白い腕。

　わたしは、この場をどう乗りきろうとか、そういう考えに至ることができないくらい、頭が真っ白になってしまっていた……。

「……何してんの、もも」

　わたしより先に、天ヶ瀬くんが口を開いた。

　声のトーンは決していいものとは言えない。

　明らかに怒りが混じっているような低い声だ……。

　心なしか、わたしを……いや、わたしたちを見る視線が冷ややかに見える。

　だけど、わたしだって同じことを聞き返したいところだ。

　隣にいる女の人は誰なのか、どういう関係なのか。

「……聞いてんの？」

　何も言わないわたしに、不機嫌そうな声で聞いてくる。

　声を絞り出そうとするけど、まったく出そうにない。

　周りから見たら、わたしと愁桃、天ヶ瀬くんと隣にいる女の人が恋人同士に見えるに違いない。

　なんておかしな光景だろう。

　仮にも、わたしと天ヶ瀬くんは付き合っているっていうのに、お互い隣に違う相手がいるなんて。

　普通ならありえないはずだ。

わたしの場合は、幼なじみと一緒に買い物に来ただけ。と、言い訳できるけれど、天ヶ瀬くんの場合はどうだろう。
　どう見ても深い関係にしか見えない……。
　さっきまで真っ白だった頭の中で、一気に憶測が飛び交い始める。
　すると、ずっと黙って座っていた愁桃が立ち上がった。
　……まずい。天ヶ瀬くんのことに気を取られていて、この場に愁桃もいることを忘れていた。
　きっと、この光景を見て黙っているわけがない。
　愁桃の立場からすれば、何年も片想いしている幼なじみの彼氏が、別の女の人といるところを、目の前で見てしまっているのだから。
　ましてや、天ヶ瀬くんのことをよく思っていないわけだから、何か言うに違いない……。
　だけど、それを止めることもできないでいる。
　それは目の前のこの光景が、自分にとってあまりにショックなもので、想像以上にダメージが大きかったからだ……。
　情けない。なんとかしなきゃいけないのに……。
　ただ今は……瞳からあふれそうになる涙を堪えることしかできない……。
　ギュッと目をつぶり、俯いた時だった。
　隣にいる愁桃に腕を引かれたと思ったら。
「……帰んぞ、もも」
　ひと言だけつぶやいて、わたしを半ば強引に連れて、そ

の場をあとにした。
　立ち去る寸前……。何も言わなかったけれど、愁桃の鋭い視線が天ヶ瀬くんに向けられていた。

　——バタンッ。
　部屋の扉が閉まった音が耳に入ってきたと同時に、後ろから愁桃の温もりに包まれた。
　あれから帰り道は会話はなく、連れてこられたのは愁桃の家だった。
「しゅ……うと」
　呼びかけると、さらに強く抱きしめられた。
　さっきまで手に持っていたカバンが床にドサッと落ちた音が、遅れて聞こえてくる。
　そして……。
「……なんで俺じゃダメなんだよ」
　静かな空間で拾った声は、強く抱きしめる腕とは正反対で、弱々しかった。
　わたしにだってわからない……。
　どうして愁桃じゃなくて、天ヶ瀬くんなんだろう……。
　この手を取ることができるなら、取ってしまったほうが幸せになれるはずなのに。
　簡単なことなのに、気持ちは動こうとしない。
「俺はあいつよりずっと、もものそばにいて、誰よりも大切にしてんのにな……」
「っ……」

わかってるよ……そんなこと。
　天ヶ瀬くんより、ずっとずっと、わたしのことを考えてくれている。
　いつも愁桃の一番はわたしなのに……。
　どうして、わたしの一番は愁桃じゃないんだろう……。
「……どうしたら、お前の気持ちは俺に向く？」
　愁桃にこんな想いをさせてしまったのは、これで何度目だろう……。
　させたくないって、大切にしたいって思うのに、いつも傷つけてばかりだ……。
　何も言わないわたしに痺れを切らしたのか、くるっと身体の向きを変えられ、正面に向き合った。
　まだ、さっきの涙が完全に消えていない状態で、視界が涙で揺れている。
「……あいつのために泣くなよ」
　優しく、指で涙を拭ってくれた。
　いつまでも、幼なじみという関係を超えることができないわたしたち。
「愁桃は……なんでこんなわたしがいいの……。他にも女の子たくさんいるじゃん……」
「お前じゃなきゃダメなんだよ」
　なんの迷いもなく、ストレートに言われてしまった。
　そんな真っ直ぐな目でこちらを見ないでほしい。
「もも以外ありえない」
「っ、そんなこと言われても……」

「お前が天ヶ瀬のことを本気で好きなのは知ってる。だけど俺は、それ以上にお前のことが好きなんだよ」
「なんで……今日に限ってそんなストレートなの」
「お前があいつを想って泣くから悪いんだよ」
　頭をくしゃくしゃっとされてしまった。
「ちょっ、やめてよ」
　その手を止めようとすると、逆に手をつかまれて、真剣な眼差しでこちらを見つめる。
　その瞳に、一瞬だけ見とれてしまった。
「……俺を好きになれよ、もも」
　この想いに応えられないわたしは、どこまでも最低なのかもしれない。

嫉妬と独占欲と甘さ。

　あれから数日が過ぎて、気づけば7月に入っていた。
　結局、あのあと愁桃からの問いかけに、何ひとつ答えることなく帰ってしまった。
　優しい愁桃は、そんなわたしを責めようとしたりはしなかった。
　むしろ、「お前のこと絶対振り向かせるから」なんて、さらなる告白まで受けてしまった。
　そして天ヶ瀬くんはというと。
　あの日以来まったく話すことがなく、時間が過ぎてしまっている。
「うわー、それは気まずいわね」
「気まずいってもんじゃないよ……」
　お昼休み。花音とお昼を食べながら、今まで起きたことを話し終えると、ため息混じりに花音が言った。
「天ヶ瀬くんのタラシは今に始まったことじゃないけどさー。仮にも、ももと付き合ってるわけじゃん？　それなのに他の女と一緒にいるなんてサイテーとしか言いようがないね」
「もう飽きられちゃったのかな……」
　いつ別れを告げられるのか。
　考えるのはそんなことばかり。
「そんな不安そうな顔しないの。愁桃くんを選べば、苦し

い想いはしなくてすむのにね」
「うぅ……。わたしだって、好きになれるものならなりたいよぉ……」
　人を好きになるってこんなに難しいことだったっけ？　と、そんな基本的なことすらわからなくなってきている。
「わたしだったら迷わず愁桃くんを選ぶけどね。ってか、幼なじみ同士って、だいたい恋愛に発展していくじゃん」
「そりゃそうだけどさ……」
　それが何年経っても発展しないんだよ。……まあ、原因はわたしにあるんだけど。
「あんまり天ヶ瀬くんに深入りしちゃダメだよ？　ももには悪いけど、どうせ向こうは本気で付き合ってるわけじゃないだろうし」
　花音の言うことが正論すぎて、首を縦に振ることしかできなかった。

　——放課後。
　いつもとなんら変わりない帰り道。
　少しだけ違うといえば、今日は愁桃が委員会の仕事で居残りをしてるため、1人で帰っている。
　ずっと送り迎えはいらないと言っているのに、愁桃は全然聞いてくれない。
　前よりしつこくなっている気がする。
　少しだけ寄り道をして帰ろうと思い、駅のほうに足を向けた。

駅に着いた頃には、夕方の４時を過ぎていた。
　帰ってから何もすることがないから、とりあえずカフェで時間を潰すことにした。
　カフェに入ると意外とすいていて、注文をすませてどこに座ろうか店内をキョロキョロ。
　１人だからカウンター席に座ろうかと思ったけど、今日は荷物が多いから、窓側の４人がけのテーブルに１人で座ることにした。
　それからカフェラテを飲みながらボーッと過ごして、ふとスマホで時間を確認すると、夕方の５時を過ぎていた。
　ガラス越しに、帰宅ラッシュの人たちが足早に駅に向かって歩いているのが見える。
　そんな中、ある人たちを視界にとらえた。
　見間違いかと思った、人違いかと思った。
　しかも、あろうことかその人たちは、今わたしがいるカフェに入ってこようとしているではないか。
　自動ドアが開いたのが見えて、とっさに顔を伏せた。
　どういう状況か聞きたいけど、聞くのが怖くて見つからないように身を隠してしまった。
「あれー、ももちゃん？」
　だけど、残念なことにわたしが座っている席は自動ドアから見える絶妙(ぜつみょう)なところ。
　あっさりバレてしまい、声をかけられたので顔を上げざるを得ない状況になってしまった。
「こんなとこで会うなんて偶然だね」

普通に、いつもどおりの感じで話しかけられた。
「ほ、星川くん……」
　そう。わたしが見つけたのは星川くん。
　そして、もう1人。
　星川くんの隣にいた人に驚いているのだ。
　ほんの数日前、天ヶ瀬くんと一緒だった女の人がいることに。
「あら、この前の」と、わたしのほうを見てそう言ったかと思えば、隣にいた星川くんに「この子知り合いなの？」と聞いていた。
　それに対して星川くんは、「あー、そう知り合い。同じクラスの子」と、答えていた。
　これはいったいどういうこと？
　頭の中が、はてなマークでいっぱいになっていた。
　わたしがそんなことになっているとは知らない星川くんは、「よかったらここ座ってもいい？」と聞いてくる。
　そして、わたしが答える前に星川くんはテーブルを挟んで正面に座った。
「ほら、菜子も座れよ」
　どうやら、この女の人は菜子さんというらしい。
　星川くんに促されて、「いいの？」と聞きながらも、菜子さんは星川くんの隣に座った。
　き、気まずい……。
　気まずさから逃げるために、わたしが取った行動は、もうなくなりかけているカフェラテをひたすら飲むこと。

ストローで吸いながら、2人をジーッと見つめる。
　星川くんは頬杖をつきながら、何やら不敵(ふてき)な笑みを浮かべてこちらを見ている。
　隣にいる菜子さんは「喉渇(のどかわ)いた〜」と言いながら、メニューとにらめっこ。
「ねー、ももちゃん。佑月となんかあったでしょ？」
「ぶっ……！」
　まさか、天ヶ瀬くんのことを聞かれるとは予想もしていなかったので、カフェラテをふき出しそうになった。
「ははっ、わかりやす」
　呑気に笑っている星川くんの隣にいる菜子さんの反応が気になった。
　だけど、わたしが思っていた以上に、菜子さんはなんともなさそうな顔をしていた。
　これが大人の余裕ってやつ……？
　それどころか。
「ねー、那月。これとこれ、どっちがいいと思う？」
　なんて、ドリンクのメニューを見て悩んでいる。
「ん？　じゃあどっちも頼めばいいじゃん。俺はなんでもいいからさ」
　星川くんがそう言うと、菜子さんは注文をするために、いったん席を離れた。
「んで。さっきの質問の答えは？」
「…………」
「まあ、佑月の様子見れば、なんかあったことくらい一目(いちもく)

瞭然(りょうぜん)だけどさ」
「天ヶ瀬くん……様子変なの？」
　わたしが質問を投げかけると、ポカーンとした表情でこちらを見ていた。
「は……？　いや、どう考えても、誰が見ても変だと思うでしょ。いつもよりすげー機嫌(きげん)悪いし」
　わたしにはさっぱりわからない。学校では普段と何も変わっていないようにしか見えなかった。
「佑月とは付き合い長いけど、あんなイラついてるのは、あんま見たことないよ」
「え、そうなの……？」
「滅多に自分の感情を出さないあいつがイライラしてるからねー。相当気に入らないことがあったんだろうね」
「気に入らないことってなんだろう……」
　わたしが考えようとしていたのに、星川くんは考える時間(ま)も与(あた)えてくれず、スパッと言ってきた。
「そりゃ簡単でしょ。ももちゃんが他の男と一緒にいたからじゃん」
　理解するのに数秒かかった。
「……ちょっとなに言ってるかわかんないんだけど」
　いや、理解してないか。
「佑月が愚痴(ぐち)漏らしてたよ。ももが他の男と一緒にいたってさ」
　それって、この前ショッピングモールで偶然会った時のことを言っているのかな？

「男って……愁桃は幼なじみだし」
　それに、天ヶ瀬くんだって菜子さんと一緒にいたじゃん。
　現状だと、菜子さんがどうして星川くんと一緒にいるのかは謎だけれど。
「へー、幼なじみね。ももちゃんにとっては幼なじみでもさ、愁桃くん？は、ももちゃんのことを幼なじみとして見てないでしょ？」
「っ……」
「図星って感じか。そりゃ佑月も怒るわなー」
「で、でも！　天ヶ瀬くんだって……菜子さんと一緒にいた……もん」
　なんだか、わたしが一方的に悪いみたいな言い方ばかりされるから、つい言い返してしまった。
「……え、そーなの？」
「う、うん」
　この様子だと星川くんは知らなかったみたいだ。
　そもそも菜子さんと星川くんの関係って……。
「んー？　わたしがどうかした？」
　そこには、ドリンクを両手に持って、わたしと星川くんを不思議そうな顔で見ている菜子さんの姿があった。
「あ、いや……えっと……」
　なんと言えばいいんだろうと、言葉を詰まらせていると。
「なぁ、菜子。先週の日曜に佑月とどっか行った？」
「先週？　……あ、行ったわよ　その時ちょうど、この子にも会ったけど」

「2人で一緒だった時に会ったのかよ」
「うん。那月のプレゼント買うの付き合ってもらったんだけど」

　え……ちょっと待って。

　今の言い方だと……わたしの考えていたことと、ズレがあるような気がする。

「まさかとは思うけど……。ももちゃんさ、菜子と佑月の間になんかあるとか考えた?」

　コクリと首を縦に振った。

　すると星川くんから盛大なため息が漏れた。

　隣にいた菜子さんは、「えぇ!? 何それ? 冗談キツくなーい?」と、まるでそんなことありえないって感じでおかしそうに笑っていた。

　えぇ……これはいったいどういうこと?

「いやー、これはちゃんと菜子のことを説明しなかった佑月にも非はあるよな」
「それってどういう……」
「菜子は俺の彼女だから」

　オレノカノジョ……?

　俺の彼女!?

　目が飛び出るんじゃないかってくらい驚いた。

「そうそーう。わたしは佑月じゃなくて、那月の彼女だよ?」

　にこっと笑いながら星川くんの腕に、細くて白い腕を絡める菜子さん。

　な、なんじゃそりゃ!!

「で、でも、天ヶ瀬くんと仲よさそうにしてたじゃないですか！」
　腕組んでたし！
　どう見たって彼氏彼女にしか見えなかったもん。
「そう？　あれくらいふつーじゃない？」
「ふつーじゃないです！」
　完全にわたしの勘違いだったってことが証明されてしまった。
「これで、ももちゃんのわだかまりは解けたわけだ」
　ポンッと手を軽く叩いて、納得した様子の星川くん。
「何よ、気になるじゃなーい」
　菜子さんは話の内容が気になるのか、興味津々って顔をしながら星川くんを見て、「早くわたしにも教えてよ〜」と頼んでいた。
　そして星川くんの口から、わたしが天ヶ瀬くんの彼女であることが告げられた。
　すると、菜子さんは大きな目をパチクリさせながらこちらを見ている。
「え、佑月の彼女だったの？」
「い、いちおう……」
「でもあなた、わたしたちと会った時、佑月じゃない男の子と一緒だったじゃない？　てっきりその子が彼氏だと思ってたよ？」
「幼なじみってやつです……」
　これはわたしも悪いかもしれない。

菜子さんとの関係を、きちんと説明してくれなかった天ヶ瀬くんも悪いと思うけど、結局、天ヶ瀬くんと菜子さんの関係はなんでもなかったわけで。
　変な誤解をしてしまったのは、わたしのほう。
「へぇ～？　そういうことね。どうりであのあと、佑月の機嫌が悪くなったわけね」
　あははっと笑いながら、何か1人で納得した様子の菜子さん。
「もうその時から機嫌悪かったわけ？」
　何やら菜子さんと星川くんの間で会話が成立してしまっている。
「そうそう。ずっとムスッとしてて、いつも以上に機嫌悪くて大変だったんだから」
　なんだか菜子さんの話を聞いていると、天ヶ瀬くんが拗ねているように聞こえてしまう。
　まさか、あの天ヶ瀬くんが、わたしのことで拗ねたりするなんて思えないけど。
「まあ、というわけだ、ももちゃん。すぐに佑月と会って話したほうがいいかもしれない」
「えぇ、急に言われても」
　戸惑うわたしに星川くんは、さらっと、とんでもないことを言ってきた。
「もう俺から連絡しといたから。もう少ししたら、ここに来ると思う」
「はい!?」

え、いつの間に!?　しかも、ここに来るですと!?
「ほら、行くぞ、菜子。俺たちここにいたら邪魔だから」
「え？　まだ全然飲んでないのに〜」
　まだ半分以上も残っているドリンクを手に持って、そのまま立ち去ってしまった。
　菜子さんにいたっては去り際に「男の嫉妬ほど厄介なものってないわよ、ももちゃん」なんてわけのわからないことを残していった。
　ポツーンと1人取り残されてしまったわたしの元に、電話の着信音が鳴った。
　誰かも確認せずに、とっさに出てしまった。
「も、もしもし」
『…………』
　あれ？　切れてる？　通話中になっているのに、相手から応答がない。
「えっと、もしもーし」
『……そこで待ってて』
　プツリと切られた。
　ひと言だけだったけど、声を聞いて誰かわかってしまう。
　スマホの画面をテーブルに伏せて置くと、すぐに電話をかけてきた相手がやってきた。
　わたしを見つけると、すごい勢いでこちらに向かってくるではありませんか。
「あ、天ヶ瀬……くん」
　さっき電話をかけてきたのも、今、目の前にいるのも天ヶ

瀬くん。
「え、えっと……」
　あたふたしているわたしを無視して、手を取られた。
「外出るから」
　こうして外に連れ出された。
　そういえば、星川くんが呼んだって言っていたけど、来るの早すぎじゃない？　いや、今はそんなどうでもいいことを考えるのはやめよう。
　連れてこられたのは人通りが少ない、大通りからはずれた道。
　こちらを振り返ったかと思えば、身体は簡単に壁に押さえつけられて、抵抗できないように両手首をつかまれてしまった。
　この時、はっきり天ヶ瀬くんの顔を見た。
　久しぶりにこんな近くで天ヶ瀬くんを感じているせいで、心臓の音がドクドクうるさくなる。
「怒って……るの？」
　顔を見て、率直に思った。
　やっぱり、この前愁桃と一緒にいたことで、不機嫌なんだろうか。
「……逆に聞くけど、怒ってるよーに見えないわけ？」
　天ヶ瀬くんがこんなに感情を露わにしてくることが初めてだから、どう対処していいかわからなくて、言葉に詰まってしまう。
「愁桃と出かけたこと……怒ってる？」

「そーやって、ももがあいつの名前呼ぶと、もっとムカつくんだけど」

　勘違いかもしれないけど……。
　もしかして、ヤキモチ……とか？
　独占欲……？
　そんなわけないって思う自分と、もし、そうなら嬉しくてたまらない自分がいる。
「前に言ったよね。俺、自分のものに手出されるの嫌いなんだって」
　整った顔がさらに迫ってくる。
　胸の音の加速が止まらない。
　やっぱり天ヶ瀬くんだから。
　天ヶ瀬くんじゃなきゃ、こんな気持ちになれない。
　愁桃には、不意打ちにドキッとさせられることはあるけれど、天ヶ瀬くんには何をされてもドキドキしてしまう。
　明らかなこの違いが、愁桃を選ぶことができない理由なのかもしれない。
「前にも言ったもん……。愁桃はただの幼なじみだって」
　愁桃にとってわたしは、恋愛対象なのかもしれないけれど、わたしはそんなふうに見たことは一度だってない。
「ももってさ、男がどーゆーもんか、ちゃんとわかってんの？」
「へ……？」
「そーやって隙見せてばっかり」
　さっきまでつかまれていた手首が解放されたと思った

ら、ギュッと抱きしめられた。

甘い匂いに包まれるだけで、さらに鼓動が速くなる。

「ず、ずるい……よ」

思わず出てしまった言葉。

呑み込むはずだったのに漏れてしまった。

言葉どおり、天ヶ瀬くんはずるい人。惑わせるようなことばかり言って、わたしに触れる。

そのくせ、わたしのことなんかたいして好きでもない。

ただ、自分のものに手を出されるのが嫌なだけで、それ以上でもそれ以下でもない。

あぁ……もう。

好きで好きで仕方ないのに、天ヶ瀬くんの気持ちはいつまでたっても手に入らない。

虚しくなって、そのまま下を向いた。

「何が？」

「なんでも……ない」

一度言葉にしてしまったものを取り消せたらいいのに。

これ以上求めちゃいけないことは、頭ではわかっているはずなのに。

最初は仮の彼女でもいいと思っていたけど、自分の中の独占欲や嫉妬の感情が、どんどん大きくなってきて、自分だけを見てほしい、自分だけのものになってほしいって思うようになってしまった。

それを伝えることができないもどかしさ。

……まったく、ほんとに厄介だ。

「もも、俺のほう見て」
　頬に天ヶ瀬くんの手が添えられて、自然と視線が合う。
　嫌いになれたらいいのに。
　この手を振りほどくことができたらいいのに。
「……他の男のことなんか考えられないくらい、俺でいっぱいにしてあげるよ」
　もうとっくに……天ヶ瀬くんでいっぱいなのに。
　そんなことを知らない天ヶ瀬くんは、わたしの首筋にチュッとキスを落とした。
「ちょっ……」
　抵抗しようとしても、力じゃ敵わない。
「動くと痛いよ」
　っ……何それ。
　そんな声が聞こえて、思わず動きを止めた。
　その瞬間、首筋にチクリと痛みが走って、とっさに天ヶ瀬くんのシャツをギュッと握る。
　最後に軽く、ぺろっと舐められた。
「……っ」
「痛かった？」
　ずっと首筋に埋めていた顔を上げた時には、フッと余裕そうな笑みが飛び込んできた。
　痛かった……だけど、甘い。
　胸がキュッと縮まって、身体が一気に熱くなった。
「い、痛かった……」
　キッと睨むと。

「そんな顔赤くして言われても逆効果なんだけど」
「なっ……！」
　自分の手で頬に触れたら、熱い。
　きっと天ヶ瀬くんの言うとおり、顔は真っ赤だ。
「もものそーゆー顔見ていいのは俺だけって覚えときなよ」
　嫉妬と独占欲と甘さが混じって……。
　どんどんはまっていく。止められそうにない、抜け出せそうにない。
　……そう、この時はまさか、自分から天ヶ瀬くんを手放すことになるなんて、思ってもいなかった。

天ヶ瀬くんはわたしを選ばない。

　――ピピッ……！
「……37度5分か」
　手元にある体温計を見て、そんなつぶやきが漏れた。
　朝、珍しく早くに目が覚めると、身体のだるさがあった。
　熱を測ってみると、体温計に示される微熱の体温。
　もともと平熱は高いほうだから、これくらい大したことはないはず。
　とりあえず身支度をすませると、いつもより早い時間に愁桃が部屋に来た。
　もう送り迎えはいらないって言っているのに、未だに迎えに来るのだ。
「珍しく早く起きてんのな」
「愁桃に起こしてもらわなくても、自分で起きれるから。だから、毎朝こうやって来てくれなくてもいいって……」
「天ヶ瀬になんか言われたんだろ？」
「べ、別にそんなこと……」
「俺はこれからも、ももと変わらず接していくつもりだから。あいつが何か言ったって、俺は知らねーから」
　……自分勝手。
　って、それはわたしのことか。
　ただでさえ、熱があって頭がボーッとしているのに、愁桃の相手をしていたら余計熱が上がりそう……。

そのまま部屋を出ていこうとしたら。
「おい、もも。ちょっと待て」
　わたしの顔を見るなり、すぐに腕をつかんで、自分のほうに引き寄せた。
　ま、まずい……！
　もしかして、熱があるってことがバレたんじゃ……。
　もしバレたら、即(そく)学校を休まされる。
　おまけに愁桃の看病という厄介なものまでついてくる。
「な、何……？」
　愁桃の手がわたしの顔に伸びてくる。
　や、やばい……。今、顔に触られたら熱いから確実にバレてしまう。
　愁桃の表情を見ると、かなり険(けわ)しい顔をしている。
　熱があることがバレた……かと思ったら。
「……これ、天ヶ瀬がつけたのかよ」
　愁桃の手は顔ではなく、わたしの首筋に伸びていた。
「へ……？」
　あ……しまった。隠すのを忘れていた。
　首筋に紅(あか)く綺麗に残っている、天ヶ瀬くんにつけられたキスマーク。
　今までは首元を隠していたけど、今日はそこまで気が回っていなかった。
　あれから日にちは経っているはずなのに、まだ消えそうにない。
「天ヶ瀬のヤツほんとムカつくことばっかりしやがって」

不満そうな顔をしながら、わたしの制服のボタンを一番上までピッチリしめた。
「うっ、苦しい苦しい！」
「バーカ、こうしないと見えるだろーが」
　今時、こんなふうにしっかり制服着てる子なんていないのに。
　あとで学校に着いたら、絆創膏（ばんそうこう）でも貼ろう。
　そのまま愁桃に熱のことはバレることなく学校に着いて、クラスの前で愁桃と別れて自分の教室に入ろうとしたその時。
　わたしが開ける前に扉が開いたかと思えば、中から、男子数人が勢いよく出てきて、運悪くそのうちの１人とぶつかってしまった。
「うおっ、ごめんごめん！」
　どうやら急いでいるみたいで、簡単に謝ると、走り去ってしまった。
　ぶつかった側は大したことないかもしれないけど、ぶつかられた側は結構ダメージが大きかったりする。
　しかも男子と女子じゃ体格が違いすぎる上に、なかなかの勢いでぶつかられて、ふらついてしまった。
　……こっちは病人だっていうのに。
　なんとか倒れないようにしようとするけど、なんだかクラクラする。
　とっさに、廊下の壁に手をつこうとした時だった。
「……っと、危な」

後ろから聞こえてきた声とともに、身体が声の主のほうに引き寄せられた。
　力強い腕がしっかり、わたしの身体を支えてくれる。
　大好きな人の声や抱きしめられる感覚は、ボーッとした意識の中でもはっきりわかってしまう。
「あま……がせくん」
　振り向くとやっぱり天ヶ瀬くんがいた。
「……なんで倒れそうになってんの?」
「あ……えっと、人とぶつかって。それで、ちょっとふらついた……だけだから」
　天ヶ瀬くんがいてくれてよかった。
　いなかったらバランスを崩して、床に身体を打ちつけていたかもしれない。
「あ、ありが……」
　わたしがお礼を言っている最中だっていうのに、スッと腕の力を緩めた。
　そのまま、身体をくるりと回されて、天ヶ瀬くんのほうを向いた。
　一番に視界に入ってきたのは天ヶ瀬くんのネクタイ。
　天ヶ瀬くんは背が高くて、わたしは小さいから、お互い向き合っていても、わたしが見上げないと顔が見えない。
　……はずだったのに、すぐに綺麗な顔が視界に飛び込んできた。
　わたしの背の高さに合わせて、天ヶ瀬くんが、かがみ込んで、首を少し傾けながら、わたしの顔を覗き込む。

びっくりして思わず1歩後ろに引いたけど、それを阻止するためなのか、気づいたら天ヶ瀬くんの腕が腰に回ってきていた。
「ち、近いよ……っ！　しかもみんな見てるし……！」
　教室の扉は開いたままで、中にいるクラスの子たちから見られているのがわかる。
「そんな気にならないけど」
「いやいや、もっと気にし……っ!?」
　一瞬、キスされたのかと思った。
　教室の中からは、悲鳴のような声も聞こえてきた。
　ゴツンと、おでことおでこがぶつかって、お互いの距離が近すぎて、声すら出せない。
　これはある意味、キスをするよりも恥ずかしいかもしれない……！
　目を開けているせいで、いつもより余計ドキドキする。
　そんなわたしとは正反対に、平常運転の天ヶ瀬くん。
　そして何事もなかったかのように、わたしから離れたかと思えば、頭を軽くポンポンと撫でてきた。
「無理すんの禁止ね」
　そう言うとあっさり自分の席に行ってしまった。
　い、今のはいったいなんだったんだ……？
　無駄にドキドキした分を返してもらいたい。
　あまりに普通に立ち去っていくから、何が起きたのか、どうしてあんな行動を取ったのかがわからなかった。

「あれ、ももお昼は？」
「あ……あんまり食欲なくて」
　午前の授業をなんとか乗りきって、今はお昼休みの時間。
　花音と一緒にわたしの席でお昼を食べている。
　いや、正確に言えば、お昼を食べているのは花音だけ。
　どうやら体調が悪化しているみたいで、わたしはこうして起きているのがやっとだ。
　そんなわたしを花音が心配する。
「顔色悪いけど大丈夫？　購買(こうばい)で食べられそうなもの買ってこようか？　ヨーグルトとか」
「ううん……大丈夫。購買混んでるだろうし」
　お昼の購買といえば、人がすごすぎて、パン1つ買うのですら大変。
　そんな人混みの中に、花音を行かせるのは申し訳なさすぎる。
「でも、なんか食べないと午後もたないよ？」
「あと2時間だから……大丈夫」
　いちおうお弁当は持ってきているけど、食べられそうにない。
　何か食べて気分が悪くなるより、食べないほうがいいだろうし。
　花音はお昼を食べ終えると、職員室に用事があるみたいで教室を出ていった。
　1人残されたわたしは、机に突っ伏してお昼寝タイム。窓側の席のおかげで風が通って気持ちいい。

少しだけお腹がすいたなぁ……とか思いつつ、とりあえず寝ることにした。
　眠ろうとして目を閉じてから数分経っただろうか。
　――コトッ……。
　わたしが眠っている机に何か置かれた音がした。
　なんだろう？と思い身体を起こすと。
「え……？」
　さっきまでなかったヨーグルトのカップが、プラスチックのスプーンと一緒に机に置かれていた。
　あれ……？　花音が買ってきてくれたのかな？
　でも、用事はお昼休み終わるまでかかるって言ってたし。
　じゃあ、愁桃？　……なわけないか。わたしが調子悪くて、食欲ないこと知らないだろうし。
　じゃあ、いったい誰が……？
　教室をキョロキョロ見渡していると、ふと思い当たる人がいることに気づいた。
　すぐに身体を後ろに向ける。
　そこには、さっきわたしが眠っていた状態と同じ、自分の腕を枕にして眠っている天ヶ瀬くんの姿。
「天ヶ瀬くん、起きてる？」
「……寝てる」
　何それ。寝てたら返事できないでしょうが！
　普通に起きてるって言えばいいのに。
「ヨーグルト……買ってきてくれたの？」
「…………」

もしかしたら、さっきのわたしと花音の会話を後ろの席で聞いていて、わざわざ買ってきてくれたのかもしれない。
　これで勘違いだったら恥ずかしいけど、他に心当たりがないんだもん。
「混んでたよね。買うの大変なのに、ありがとう」
「…………」
　む、無視！　フル無視ですか？
　素直に『どういたしまして』って言えばいいのに。
「面倒かけちゃってごめんなさい……」
　これで何も言わなかったら、そのままにしておこうと思ったら、
「……たまには人に甘えてもいーんじゃないの？」
　顔を伏せたまま、そう言った。
　そして少し顔を上げて。
「早く食べれば？　時間なくなるけど」
　またすぐに伏せてしまった。
　ずるいなぁ……。
　こうやって、たまに優しい一面を見せてくるんだから。
　結局、自分が買ってきたとは言わないんだもん……。
「あ、ありがとう。急いで食べるね」
　さっきまで気分悪かったけど、天ヶ瀬くんの優しさのおかげで、少し元気になれた気がした。
　だけど、気持ちは元気になれても、身体はそうはいかなくて……。
「はい、じゃあ授業始めまーす」

午後の授業が始まった。
　身体はますますだるくて、よくなりそうにない。
　そんな中、頭を使う数学の授業なんて酷だ……。
　頭がボーッとして、本格的にやばくなってきた。
　黒板に書かれていく内容を必死にノートに写して、先生の説明を聞こうとするけど、正直それどころじゃない。
　……だるいし、寒気がする上に変な汗が出てくる。
「じゃあ、今説明したから、この問題を……浅葉さんに解いてもらおうかしら？」
　最悪……。なんでこんな時に当たるかな……。
　ただでさえバカで理解力ないのに。それに加えて、今日は体調が優れないから、さらに頭が回らない。
「黒板のところに来て問題を解いてくれるかしら？」
　無茶言わないでよ、先生。
　とは言えないので、意識が朦朧とする中、とりあえず問題を見る。
　たしかにこれは、さっきの説明を聞いていれば解けるんだろうけど……。残念ながら、全然頭に入っていない。
「浅葉さん？」
　この先生は、『わかりません』じゃ、すまないタイプの人だから厄介なのだ。
　とりあえず、黒板の前まで行こうとするけど、頭がクラクラして立てそうにない。
　どうしよう……って、軽くパニックを起こしていると、ガタンッと後ろの席から何か音がして、わたしの横を通っ

て、黒板に向かっていく人が……。
　ほら……また、そうやって助けてくれるんだから……嫌いになれないんだよ。
　なんで……わたしのためにそこまでしてくれるの……？
「あら、わたしが指名したのは浅葉さんよ。天ヶ瀬くん？」
　先生の問いかけを無視して、わたしの代わりに黒板の問題をスラスラッと解いた天ヶ瀬くん。
　そして。
「あ、そーだ先生。俺と浅葉さん、今からサボるんで」
　な、なんで堂々とサボる宣言しちゃってるの……!!
　しかも先生に向かって。
「ちょっと、何を言ってるの、天ヶ瀬くん！　今は授業中よ？」
　またしても先生を無視して、わたしの席にやってきた。
「行くよ、もも」
「ちょ、ちょっと、待って……！」
　何がどうなっているのかわからなくて抵抗するけど、どうやらそれは無駄みたいで。
「面倒だから、無理やり連れていく」
「へっ……ちょっ……!?」
　あわてている間に、身体がふわっと浮いた。もちろん天ヶ瀬くんの腕によって。
　周りがざわついている。
「いい加減にしなさい！　あなた何を考えているの！」
　ついに先生が怒ってしまった。

う、うわ……どうしたらいいの、この状況……。

何もすることができないわたしは、ただ天ヶ瀬くんの胸に顔を埋めるだけ。

「なに考えてるのって、保健室に連れていこうとしてるんですけど」

周りにどれだけ見られていようと、先生に何を言われようと動じない。

「浅葉さん、朝から調子悪かったんですよ。無理して悪化したみたいなんで」

天ヶ瀬くんがそう言うと、「そういうことなら……」と、先生は保健室に行くことを許してくれて、そのまま教室を出た。

廊下に出ると、風が吹いて気持ちがいい。

「天ヶ瀬くん……？」

「何？」

「朝から調子悪いってこと気づいてくれてたの……？」

いつもそばにいる幼なじみの愁桃だって、気づかなかったのに。

それに、今日天ヶ瀬くんと話したのは、朝のあの時と、お昼休みに少しだけ。

それだけで、わたしの体調が悪いことに気づいてくれたのかな。

「朝、ももが倒れそうになった時、身体触ったら熱かったから」

「そんな一瞬で……？」

「いつもより熱かった気がしただけ」
「っ……」
　その、ほんの少しの変化に気づいてくれるなんて……。
　やっぱり天ヶ瀬くんの優しいところは、あの受験の日にバスで出会った時から変わっていないんだって思った。
　保健室に着くと、たまたま先生がいなくて、とりあえず熱を測るためにベッドに座らせられた。
　しばらくすると、天ヶ瀬くんが体温計を持ってきてくれて、熱を測ろうとしたんだけど、天ヶ瀬くんがベッドのそばに立ったまま離れてくれない。
「えっと、熱測りたいんだけど……」
「うん、測れば？」
　本音を言うなら、ベッドのカーテンを閉めて、外で待っていてほしい。
　ブラウスのボタンに手をかけたまま、先に進めない。
　すると、そんなわたしの様子を見て何かを察したのか。
「あー……そーゆーこと？」
「は、恥ずかしいので出ていってくれると助かります……」
　なんで敬語になったのかはわからないけど、熱を測るにはブラウスを少し脱がないといけないから、見られるのは抵抗がある。
「へー、恥ずかしいの？」
　ちょ、ちょっと待ってよ。
　なんでこの人、急にこんな楽しそうな顔になってるのかな……!?

しかも出ていってって頼んでいるのに、さっきより近づいてきてるんだけど……！
　そして、わたしが座る隣に腰をおろした。
「いいじゃん別に。恥ずかしがることなくない？」
「う……やだ、無理」
　無理だと訴えても、出ていってはくれない。
　すると。
「んじゃ、手伝ってあげよーか？」
「っ……！？」
　天ヶ瀬くんの手がスッと襟元(えりもと)に近づいてきて、ブラウスのボタンが上から外された。
　１つ、２つ……外れたところで、手が止まった。
「へー、まだ綺麗に残ってんだ」
　わたしの首筋に自らつけた印をツーッとなぞりながら、耳元でそっとつぶやく。
「……消えたらまたつけてあげよーか？」
　甘いささやきに、もっと熱が上がったような気がした。
　結局ずっと近くにいるから、背中を向けて熱を測ると、見事に上がっていて、38度を超えていた。
　熱を測り終えたところに養護教諭の浜山先生が戻ってきて、熱のことを伝えると、すぐに早退だと言われた。
　支度をすませて帰ろうとすると、天ヶ瀬くんは当たり前のようにわたしに付き添ってくれた。
「……１人で帰れるのに」
「さっきから俺が支えないと、まともに歩けないくせにな

に言ってんの？」
「うぅ……」

　ごもっともでございます。

　熱のせいで、身体を支えてもらわないと、まともに歩けない。

　でも、身体を抱き寄せられながら歩く、こっちの身にもなってほしい。

　近すぎて、心臓の音が聞こえちゃうんじゃないかって心配しながら門まで歩いていく。
「ってか朝は熱なかったわけ？」
「いや……そんなに高くなかったと言いますか……」
「どうせ37度超えてたんでしょ？」

　ギクリ……。

　なんでバレてるんだ！

　天ヶ瀬くんはたまにエスパーじゃないかって思うくらい、人の心を見透かしてくる時がある。
「言っとくけど、俺エスパーじゃないから」
「え……!?」

　完全に読まれているではないか……！
「ももってバカで単純だから、考えてることがわかりやすいよね」
「バカって……軽く悪口じゃん」
「まあ、素直でいいってとらえるのもありだと思うけど」
「だったら最初から素直だけ言ってくれればいいのに」

　そんなくだらない会話をしていると、あっという間に門

までたどりついた。

　そう、この時。

　まさか、これから想像もつかないことが起こるとは、思ってもいなかった。

「ゆづくん！」

　この声を聞くまでは。

　１人の女の子が、いきなり『ゆづくん』と名前を呼びながら、天ヶ瀬くんの胸に飛び込んできたのだから。

　いきなりのことで、天ヶ瀬くんはその子を受け止めるために、わたしの身体を離した。

　まるで、一瞬で天ヶ瀬くんを奪われてしまったような、そんな感覚に陥（おちい）ってしまった。

「……は？　なんで唯乃（ゆいの）がいんの？」

　天ヶ瀬くんの表情はとても驚いているようで、明らかに声色がいつもと違った。

「昨日ね、日本に帰ってきたの。一番に会いたくて、ゆづくんのお母さんに、ゆづくんがどこの学校に通ってるか聞いて来ちゃった」

　曇りのない笑顔でその子が言った。

　きっと、この学校の子ではない。

　だけど、天ヶ瀬くんのことを"ゆづくん"なんて呼ぶってことは、２人の仲はそれなりに深いことがわかる。

　とても可愛い子。

　第一印象はそのひと言に尽きる。

　栗（くり）色の長い髪は、毛先がくるっと巻かれていて、耳の少

し上でツインテールをしている。

　ぱっちりした二重の可愛らしい瞳に、まばたきをするたびに揺れる長いまつ毛。

　背はわたしと同じくらい小さくて、華奢で、女の子が憧れる容姿の持ち主。

「しばらく会わない間に、ゆづくんすごいかっこよくなってるねっ。でも昔の面影があったから、すぐにゆづくんだってわかったの！」

　にこっと笑った顔は、無邪気で可愛らしい。

　……なんだかわたしは、この場にいてはいけないような気がする。

「……唯乃も全然変わってない」

「ほんとっ？　少しは大人っぽくなったつもりだったんだけどなぁ」

　長い髪の毛先を指でくるくるしながら、唇を尖らせて不満そうな顔をしている姿ですら可愛いく見えてしまう。

　2人のやり取りを聞いていると、やっぱり昔からの仲だっていうのはわかる。

　きっと、わたしの知らない天ヶ瀬くんを、この子は知っているに違いない……。

「ってか、今さら帰ってきて俺になんか用？」

「えぇっ、ゆづくんってば冷たいなぁ」

　さっきまで驚いた顔をしていたのに、今は不満そうな顔をしている天ヶ瀬くん。

　むしろ、早く離れたがっているようにも見える。

それと声も、怒りを抑えて話しているように聞こえる。
　気のせいかもしれないけど……。
　多少冷たくされても、唯乃さんは引いたりしない。
　わたしがいるっていうのに、お構いなしで天ヶ瀬くんの腕にギュッとしがみついている。
「別に冷たくないし。ってか、俺この子送って帰るから」
　天ヶ瀬くんがそう言うと、唯乃さんの目線がわたしのほうに向いた。
「へぇ……。ゆづくんの彼女さん？」
「そうだけど」
　あまりいい顔はされていない。
　敵対心のようなものをむき出しにして、こちらを睨んでいるようにも見える。
「ふーん。ゆづくんの彼女さんねぇ」
　すると、天ヶ瀬くんから離れて、わたしの前までやってくると、わたしの手をギュッと握った。
「はじめまして、ゆづくんの幼なじみの戸羽唯乃です。お名前聞いてもいい？」
　変なの……。さっきまで怖い顔をしてこっちを見ていたくせに、今はキラキラした笑顔をしている。
　普通なら可愛いと思う笑顔が、なぜか怖く感じてしまう。
　思わず1歩後ろに下がってしまい、声が出ない。
「どうかしたの？　ゆづくんの彼女さんって人見知りなの？」
　唯乃さんが天ヶ瀬くんのほうを見ながら問いかける。

「別に人見知りってわけじゃないから。体調悪いだけ」
「ふーん？ あ、そうだ！ じつはね、ゆづくんにお願いがあって来たの！」
「何？」
　どうやらわたしへの興味はすぐになくなって、別の話題に切り替わった。
「今ね、ママとパパが海外に行っててね、それで家に帰っても１人なの。いちおう昨日唯乃が帰ってくるって伝えといたんだよ？」
「だから？」
「だから、しばらく唯乃を、ゆづくんの家に泊めてほしいのっ！」
　目の前で繰り広げられる会話についていくのに必死。
　ただでさえ熱が上がっていて、頭は正常に働いていないのに……。なんなの、この打撃は……。
　しばらく天ヶ瀬くんの家に泊めてもらう……？
　ただの幼なじみなのに、それを許してしまうの……？
　頭がクラクラして、身体を支えることが難しくなってグラついた瞬間、天ヶ瀬くんがとっさに支えてくれた。
「唯乃、悪いけどその話またあとにしてくれる？　今はこの子の身体のほうが大事だから」
　だんだん意識がぼんやりしてきたけど、天ヶ瀬くんが幼なじみの唯乃さんのことより、わたしの体調を気遣ってくれている……。
　そのまま天ヶ瀬くんがわたしの身体をふわっと抱き上げ

て、唯乃さんの前から立ち去ろうとした。
　だけど。
「何それ……わたしよりそんな子を選ぶわけ？」
　ボソッとそんな声が聞こえたかと思うと。
「ゆづくん。嫌だよ、わたし１人にされるの」
　今度は、涙目になって、天ヶ瀬くんの腕をつかんで、すがり始めていた。
「だから、あとでちゃんと連絡する……」
「やだ、今じゃなきゃ嫌。今すぐ唯乃をゆづくんの家に連れていって」
　譲る気がない様子で言ってくるものだから、わたしも天ヶ瀬くんを取られたくなくて、不安になって、天ヶ瀬くんのシャツをギュッと握った。
　その不安を消すように、天ヶ瀬くんがわたしを見つめてから、唯乃さんに向かってはっきりと言った。
「いくら唯乃の頼みでも今は聞けない。今ももを放っておくことはできないから」
　その言葉にとても安心した。
　だけど、その安心もつかの間だった。
「唯乃だってゆづくんにそばにいてもらいたいのに……っ」
　唯乃さんの言葉に、天ヶ瀬くんの動きがピタッと止まってしまった。
　唯乃さんは自分の左腕を押さえながら訴えかける。
　季節は夏にさしかかる７月だっていうのに、唯乃さんは長袖のブラウスを着ている。

押さえている左腕は、長袖のブラウスで見えないけれど、ケガでもしているのかと思った。
「行っちゃ、やだよ……ダメだよ、ゆづくん」
　さらに、天ヶ瀬くんを追い込むかのように。
「忘れてないよね……？　いつまで経っても、この傷は消えないんだから」
　唯乃さんの言葉に、一瞬、戸惑った顔が見えたかと思うと、天ヶ瀬くんは何も言わず、わたしの身体をそっとおろした。
　そして。
「もも……ごめん」
　申し訳なさそうに顔を伏せて、いつもより弱い天ヶ瀬くんの声が耳に届いた。
　よりによって、どうして……？
　天ヶ瀬くんはわたしではなく、唯乃さんを選んだ。
　さっきまで、わたしのことを選んでくれていたはずなのに……どうして？
　熱でおかしくなっているせいで、頭が回らず、言葉を返すことすらできない。
　そんな中、さらに頭を混乱させる出来事が起こる。
「もも！」
　少し遠くから聞こえてきたこの声を聞いて、少しだけ安心してしまった自分がいた。
　それと同時に、なぜこのタイミングで現れるんだと、タイミングの悪さを呪いたくもなった。

「しゅ……うと」
　あわてた様子で、こちらに向かって走ってきている愁桃の姿をとらえた。
　きっと、わたしが熱を出して倒れたことを聞いて、心配して来てくれたに違いない。
「大丈夫か!?　倒れたって聞いて。熱もあるっていうから心配した。ごめん、朝気づいてやれなくて」
　愁桃だったら……必ずわたしのことを優先してくれるのに……。
　天ヶ瀬くんは違う……。
　わたしを選んではくれなかった。
　さっきの天ヶ瀬くんの優しさに、少しでも浮かれていた自分がバカみたいだ。
　ふと唯乃さんのほうを見ると、奪ってやったと言わんばかりの顔で、わたしのほうを見ていた。
「なぁんだ、別にゆづくんがいなくても送ってくれる子がいるみたいじゃない」
　ふふっと楽しそうに笑いながら、再び天ヶ瀬くんの腕にしがみついた。
「これでゆづくんは唯乃と一緒に帰れるってことだよね？　一件落着じゃない！　ほら、そうと決まれば早く帰ろ？」
　わたしから天ヶ瀬くんを引き離すように、腕を引っ張っていく。
　一瞬見えた天ヶ瀬くんの表情は、つらそうに、申し訳なさそうにしていて、わたしと目を合わせなかった。

身体の力が一気に抜けてふらついたら、愁桃の温もりに包まれた。
「じゃあ、わたしたち帰るから。さよなら、ももちゃん？」
　最後まで、天ヶ瀬くんはわたしに何も言わなかった。
　こんなにもあっさり、彼女より幼なじみのほうを選ぶなんて……。
　結局、天ヶ瀬くんにとってわたしは、その程度のものだったんだ。
　はたから見たらおかしなことだ。
　まあ……それもそうか。わたしたちは好き同士ではないのだから。
　ただ、わたしが一方的に好きなだけ。
　結局2人は、わたしの前から去っていった。
「おい、なんだよあの女」
　愁桃の不機嫌そうな声が聞こえてきた。
　そんなのわたしだって聞きたいよ。
「お前、やっぱりあいつに遊ばれてるんじゃ……」
「ち、違う……っ。天ヶ瀬くんはそんな人じゃない……。ちゃんと優しいところもたくさんあって……」
　堪えていた大粒の涙がポロポロと頬を伝って、頭がガンガン痛くなってきた。
「んじゃ、なんであいつは、ももじゃない女と一緒に帰ったんだよ」
「そ、それは……っ」
　その瞬間、ついに身体が限界を迎えたみたいで……。

「おい、もも!!」
　意識が飛んだ。

　それから、愁桃に家まで運んでもらい、丸1日目を覚まさずに眠っていた。
　風邪のせいと、精神的にダメージが大きかったせいで、一気に疲れが出てしまい、こんなに寝たのはいつぶりだろうと思うくらい。
　お母さんから話を聞くと、愁桃は寝ているわたしのそばにずっといてくれたらしく、とても心配をしていたそう。
「昔から変わらないわね。もものことになると必死になるところ。愁桃くんらしくてお母さんは好きよ？」
　と、言うほど。
　こうやって自分のことを大切にしてくれる人を、自分も同じように大切にすることができればいいのに……。
　それから、3日学校を休んだ。
　正直、風邪だからとかそんなことよりも、一番の理由は天ヶ瀬くんに会いたくなかったから。
　会って、どんな顔をすればいいのか、どんなふうに接すればいいのか、わからないから。
　あの日の、唯乃さんと一緒にわたしの前から去っていく後ろ姿が、頭から離れない。
　思い出しただけで、涙があふれ出てしまいそうなくらい、ショックだった。
　こんな状態のわたしに、さらなる出来事が起こるなんて

思ってもいなかった。
　そして、自ら天ヶ瀬くんを手放してしまう日が刻々と近づいてきているとも知らずに……。

引き離せない2人。

「んー……！　完全復活！」
　風邪が治り、今日から学校に行けるようになった。
「おいおい、よくなったからってあんま調子乗んなよ？」
「もうよくなったから大丈夫だもん」
　今は愁桃と２人並んで、久しぶりに一緒に登校している。
　口癖のように送り迎えはいらないと言っているのに、今日は、病み上がりで心配だからという理由で一緒に登校。
　何かと理由をつけてくるから、これじゃいつまで経っても愁桃はわたしから離れてくれない。
　あっという間に学校に着き、愁桃と教室の前で別れる。
　扉に手をかけた時、考えてしまった……。
　天ヶ瀬くんと会ったら、どんな顔をすればいいんだろう。
　同じクラスで席も前後で、関わらないわけがない。
　それと同時に、たった数日会っていないだけなのに、さびしさを感じてしまうわたしはなんなんだろうか……。
　天ヶ瀬くんはわたしのことより幼なじみのほうが大事なのに……。
　あぁ、やだ。
　またこうやって、自分の中の醜い感情がブワッとわき上がってきてしまう。
　教室の扉の前で開けるのを躊躇していると。
「あれー、ももちゃん。久しぶりじゃん、おはよ」

「あ、星川くん……おはよ」

 星川くんが音楽を聴きながら、こちらに歩いてくる。わたしのそばに来たところで、イヤホンを耳から外した。
「どーしたの？ そんなところで突っ立って。教室入んないの？」
「え、あっ……」

 開けるのを戸惑っているわたしにはお構いなしに、ガラッと扉を開けてしまった星川くん。

 もし、天ヶ瀬くんがいたら……。

 思わず自分の席のほうを見ないように目をそらしてしまった。

 だけど、そんな心配は無用だった。
「あ、そーいえば。佑月のやつ、ここ最近学校休んでんだよね」
「え……？」
「ちょうど、ももちゃんが風邪で早退した翌日から欠席してる。心配で連絡してみても、とくに返事ないし。どーしたんだろうね？」

 まさか……唯乃さんが関わってる？

 わたしが倒れた翌日から学校に来ていないなんて……。

 唯乃さんとのことで何かあって、休んでいるのかもしれない。
「ももちゃんは理由知らない？」
「う……ん。知らない……かな」
「へー、そっか。あ、ももちゃんは体調どう？ もう平気？」

「う、うん。なんとか」
　とりあえず話が変わってよかったと思ったけれど、天ヶ瀬くんが休んでいる理由が気になって仕方なかった。
　そして、今日も天ヶ瀬くんが欠席だということが、朝のホームルームでわかった。

　――放課後。
　わたしが教室を出るよりも先に、愁桃が迎えに来てしまった。
　断ったけど、「どうせ同じ道だろ？」と言われてしまい、一緒に帰ることになった。
「身体大丈夫か？　体調悪くなったらすぐ俺に言えよ？」
「うん、もうすっかり回復してるから平気だよ。それに、何度も大丈夫って言ってるじゃん」
　愁桃ってば、休み時間になると、心配してわざわざわたしのクラスまで来るんだもん。
　正直、今日も天ヶ瀬くんが休みでよかったと心の中でホッとしてしまった。
　愁桃と一緒にいるところを見られたら、また機嫌を損ねてしまいそうだから。
「そーいえば、天ヶ瀬のやつ今日いなかったな。休みか？」
「…………」
　そんなのわたしに聞かないでよ、バカ。
　愁桃の問いかけを無視して、2人で門まで来たところで、思わず足を止めた。

ある人が視界に入ってきて、全身がドクッと震えた。
　な、なんでここに……っ。
「おい、もも。急にどーした……って、あいつ……」
　愁桃は、急に足を止めたわたしの視線をたどると、驚いた顔を見せた。
　そんなわたしたちに向こうも気づいたみたいで。
「あ、こんにちは。お久しぶりかな、ももちゃん」
　そこには、わたしが天ヶ瀬くんの次に会いたくないと思っていた唯乃さんの姿があった。
　前に会った時とは違って、この近所では有名な女子高のセーラー服を着ていた。
　たしか、中高一貫校だと聞いたことがある。
　無理して笑顔を作ろうとしても、ひきつる。
「もう体調はよくなった？」
　そんなわたしにグイッと近づき顔を覗き込まれ、思わず後ずさりをする。
「やだ、そんなあからさまに嫌がらなくてもいいじゃない。感じ悪い」
「っ……」
　唯乃さんと話すのは少し怖い。
　威圧的っていうか、攻撃的っていうか……。多分わたしにだけ、そんな態度なんだろうけど。
「えっと……天ヶ瀬くんに何か用があって……？」
　やっと声を出せたのに、スパッと答えを返されてしまう。
「違うわよ？　今日はあなたに用があって来たの」

わたしに用って……。いったいなんの用だろう?
「っていうか、唯乃は今ゆづくんの家にいるの。だから、今日ゆづくんが学校休んでるってことは知ってるし」
　　なんだ……やっぱり。
　　休んでいる理由は、唯乃さんが関わっていると確信を持ってしまった。
　　結局、2人は今も一緒にいるんだ。
「ここで話すのはあれだから、どこかカフェでも入らない?」
　　断る理由が見つからず、首を縦に振ることしかできなかった。
　　心配する愁桃には先に帰ってもらい、駅のほうにあるカフェに入ることにした。
　　飲み物を頼んでから、テーブルを挟んで正面に唯乃さんが座る。
　　両腕を組んで、ドンッと座っている唯乃さんを見て、緊張して肩に力が入ってしまう。
「ここのカフェってまだあったんだー。しばらく来てないから、なくなってたかと思ったの」
「え……?」
「あ、わたし最近まで留学してたの。1年と数ヶ月ね」
「そ、そうですか」
　　それでこの前、日本に帰ってきた、とか言っていたのか。
「ってか、その敬語やめてよ。同い年なんだから」
　　意外……って言ったら失礼かもしれないけど、見た目と

態度からして年下だと思っていた。
「あれからゆづくんにいろいろ聞いたの。あなたのことや、あなたとゆづくんの関係のことも」
「そう……ですか」
「だから、敬語とかやめて。唯乃そういう堅苦しいの嫌いなの」
　だったら、その威圧的な話し方をやめてよって言いたいところだけど、そんなことを言ったら、それこそもっと何か言われるんじゃないかと思って、口にはしなかった。
「それで、わたしに用って……？」
　緊張して喉が異常なまでに渇く。
　それを潤すために、水をゴクッと飲んだ。
「じゃあ、はっきり言わせてもらうけど」
　な、何を言われるんだろう……。不安で水が入っているコップを持つ手に、思わず力が入ってしまう。
　そして、唯乃さんはなんの迷いもなく言った。
「ゆづくんと別れてほしいの」
　周りの音が全て消えたような気がした。
　少し予想はしていた。
　もしかしたら、別れてくれと言われるんじゃないかって。
　動揺しているのを悟られないように、コップを静かにテーブルに置いた。
　だけど手が震えて、コップを倒してしまった。
「あ……」
　やってしまった……。テーブルにコップが転がり、水が

こぼれた。
　そんなわたしの様子を見て。
「へぇ、動揺してるんだ？」
　クスッと笑いながら、テーブルにこぼれた水を拭いてくれた。
「全然動揺しないと思ってたのになぁ」
「どうして……？」
「だって、ゆづくんから聞いたよ？　あなたたち付き合ってるけど、別にお互い本気じゃないってこと」
「っ……」
「もしね、あなたたちが好き同士って言うなら唯乃もこんなこと言うつもりはなかったの。でも違うんでしょ？」
　まさか……こんなところで、自分が過去に言ったことを後悔する日が来るとは、思ってもいなかった。
「ゆづくんのこと本気で好きじゃないなら、唯乃に返してほしいの」
　違う……。ずっと前から、出会ったあの日から、わたしは天ヶ瀬くんが好きで。
　今も変わることはない。
　ただ、想いを口にすることができない。
　そもそもわたしは、気持ちを伝えるチャンスを自分で潰しているのだから。
　だけど、天ヶ瀬くんは違う。わたしはこんなに好きなのに、向こうにはそんな気持ち、これっぽっちもないと思う。
　それは、最初からわかりきっていたことだったのに。

「返すって……。別に天ヶ瀬くんは唯乃さんのものってわけじゃ……」
　ずっと黙ったままも不自然だと思い、ようやく口を開くことができた。
「違うわよ？　だって、ゆづくんはずっと昔から唯乃のものだもん」
「え……？」
「ゆづくんは唯乃のことが好きで、唯乃もゆづくんのことが好き。この意味わかる？」
「い、意味って……」
　わたしのとらえ方が間違っていなければ……もしかして2人は……。
「だって、付き合ってたから」
　ガンッと、頭に衝撃を受けた気がした。
　頭が真っ白になりかけて、言葉を失いそうになる。
　心臓がいつもより変に音をたてながら、身体中の血液がドッと流れ始めて、さっきよりも手が震えている。
　つまり、唯乃さんは天ヶ瀬くんの……。
「言っておくけど、元カノってわけじゃないから」
　わたしの考えることを先に読んだ答えが返ってきた。
　だけど、予想していたものとは違っていた。
「今も昔も、ゆづくんは唯乃のものだもん」
「は……？」
　思わずそんな声が漏れてしまった。
　何を言っているのかさっぱり理解ができない。

今も昔も天ヶ瀬くんは自分のものって……何を言っているの？
「少し昔の話になるんだけどね」
　それから唯乃さんは、過去のことを話し始めた。
　付き合った理由については言わなかったけれど、2人が付き合っていたことは、たしかだった。
　幼なじみってこともあって、小さい頃からずっと一緒だったらしい。
　まるで、わたしと愁桃みたいだ……。
　だけど、わたしと愁桃をこの2人と重ねてはいけない。
　わたしたちは付き合ったこともないし、恋愛感情の好きが片方に芽生えなかった。
　唯乃さんと天ヶ瀬くんが付き合い始めたのは、中学1年の時のことらしい。それから、ずっと続いていた。
　だけど、唯乃さんの留学をきっかけに2人の関係は崩れ始めた。
「わたしね、いつか留学したいってずっと思っていて、外国に行って、本格的に英語の勉強をしたかったの。将来それを生かした夢もあったし」
　ちょうどそれは、中学3年の春休み。
　そこから1年と半年留学をする予定だったのが、期間が少し短くなって、最近日本に戻ってきたらしい。
　留学することについては天ヶ瀬くんに伝え、夢を追いかける唯乃さんのことを応援すると、承諾をしてくれたそうだ。

だけど、その当時、2人はまだ中学生。

物理的な距離で会えないものほど、つらいものはない。

遠距離のせいで、恋愛と学業の両立ができず、自分のことでいっぱいいっぱいになって追い込まれてしまった唯乃さんは、一方的に天ヶ瀬くんに連絡を取ることをやめた。

そして、自然と2人の関係に溝ができたそう。

「だからね、別れたってわけじゃないの。唯乃がすこーしだけゆづくんと距離を置いただけなの」

わたしから見れば、自分勝手としか思えない。

夢を追うために、留学の選択をしたことは素敵なことだと思う。だけど、遠距離で学業と恋愛の両立がうまくできないという理由で、天ヶ瀬くんを手放したことは事実だ。

それに、つらいのは唯乃さんだけじゃなかったと思う。

残された天ヶ瀬くんの気持ちを、考えたことはあるのだろうか……？

きっと優しい天ヶ瀬くんは、唯乃さんの夢を応援するために、行かないでほしいとは言わなかった……。というより、言えなかったんじゃないかと思う。

離れていてつらいのは、天ヶ瀬くんも一緒のはずなのに。

一方的に連絡を絶ってしまった唯乃さんにも、悪いところはあるんじゃないかと思った。

2人で、きちんと話し合えばよかったのに……。

しかも、帰国したから天ヶ瀬くんを返してほしいだなんて、都合がよすぎない？

「久しぶりにゆづくんに会ってびっくりしたの。見た目も

性格も変わってるんだもん」
「それは、唯乃さんのせいなんじゃないんですか……？」
　ちょうど、わたしが初めて天ヶ瀬くんに出会った頃は、唯乃さんとうまくいっていた時。
　天ヶ瀬くんは、ずっと好きだった唯乃さんとの関係を一方的に切られてしまったことで、深く傷ついてしまったんじゃないだろうか……。
　容姿や性格が変わったのも、それが原因なのではないかと思う。
　あの日初めて会った天ヶ瀬くんは黒髪で、真面目そうで、今とは全然違う印象。
　ずっと唯乃さんと付き合っていて、一途だったはずなのに……今ではそんなことはなくなってしまった。
　だけど、優しいところは昔から変わっていないと思う。
「あなたがゆづくんの何を知っているの？」
「そ、それは……っ」
「それともう１つ。ゆづくんは絶対にわたしから離れることはできないの」
　さらに衝撃的なことを告げられる。
「昔ね、まだ小さかった頃に、わたし大やけどしたの」
　長袖の下に隠された左腕のやけどの傷を見せてきた。
　……正直、見るのがつらかった……。
　それくらい、ひどく跡(あと)が残っていた。
「ゆづくんの不注意だった。熱いお湯の入ったポットを運んでくる時に、運悪くわたしの腕にかかったの」

すぐに病院に行けばよかったんだけど、その時どちらの両親も近くにいなくて。まだ小さかった天ヶ瀬くんは、どうしたらいいかわからず、泣きわめく唯乃さんを置いて逃げ出してしまったそう……。

　それから唯乃さんのご両親がかけつけたけど、治療が遅かったこともあって、傷は完全には消えなかった。

　それが今でも、痛々しいほどの傷跡として、残ってしまっている。

「正直、こんな傷が残って、これから先どうしようって考える毎日だった。夏は半袖の服は着れないし、人に傷を見られるのも抵抗あったし」

　そんな唯乃さんのそばにいるのは、天ヶ瀬くんしかいなかった……。

　だから、天ヶ瀬くんは償いのようなかたちで、唯乃さんのそばにいることを決意したそう……。

「最初はね、ゆづくんは唯乃のことなんか全然好きじゃなかったの。唯乃は小さい頃からずっとゆづくんが好きだったのに。だから、傷のためにそばにいてもらっても何も嬉しくなかった」

　だけど、そばにいるうちに、次第に唯乃さんのことを大切にする気持ちと一緒に、好きという気持ちも芽生え始めて、自然と付き合うことになったそう……。

　全てを聞き終えて、とても複雑な気分になった……。

　はじめは唯乃さんのことがとても苦手で、わがままな印象しかなくて、どう接したらいいかわからなかった。

だけど、過去の話をいろいろ聞いていると、複雑な事情があったんだとわかった……。
　だけど、それと天ヶ瀬くんを手放したことは関係ない。
　自ら手放したのだから……。
「だから……さっきも言ったけど、唯乃にゆづくんを返してほしいの」
「そんなの……唯乃さんの勝手じゃ……」
「いいじゃない、勝手で。だって、あなただってゆづくんのこと本気じゃないんでしょ？　だったら返してよ」
「っ……」
　あぁ、もう……っ。
　わたしはどうしたらいいわけ……？
　ここで何か言い返せるほど、わたしの頭の中は整理されていない。
「まあ、あなたに返してって言わなくても、ゆづくんは必ず唯乃のところに戻ってくるから」
　そう言い放つと、唯乃さんはカフェから出ていった。
　残されたわたしは、心に大きな穴を開けられたくらい衝撃を受けていた。
　頭の中でいろんなことが巡っていて、それらを整理することができず、完全に真っ白に近い状態になっている。
　だけど、これだけはわかる。
　きっと唯乃さんが言っていたように……根は優しくて、律儀な天ヶ瀬くんは、唯乃さんの元に戻ってしまうだろうってこと……。

それに……あんな傷を見せられたら何も言えない……。
　そうして、刻一刻と……天ヶ瀬くんから離れる時は迫ってきていた……。

惑わされて、錯覚させられて。

　唯乃さんと話をしてから、数日後。
　天ヶ瀬くんが登校してきた。1週間ぶりくらいだろうか。
　久しぶりに顔を見て、ホッとした。
　もしかしたら、このまま会えなくなってしまうんじゃないかと思っていたから……。
　そんなことあるわけないのに。
「おー、佑月。久しぶりじゃん」
　天ヶ瀬くんがわたしの横を通り席につくと、星川くんがすぐに声をかけていた。
「……あー、久しぶり」
　いつもと変わらない声。
　だけど、少し疲れているようにも感じる。
「お前ここ最近どうしたんだよ。急に休むし、全然連絡取れねーし」
「……まあ、いろいろあったから」
「そのいろいろが気になるだろ？　あ、さては、ももちゃんに言えないことかー？」
　会話の中に突然自分の名前が出てきて、ドキッとした。
「ねー、ももちゃん。佑月のやつなんか怪しくない？」
　そして、わたしに話を振ってきた。
　こうなると無視するわけにもいかず、後ろを振り向いて何か話すしかない。

身体を後ろに向けると、久しぶりに天ヶ瀬くんの顔をしっかりと見た。
　だけど天ヶ瀬くんは窓の外を見ていて、目が合うことはなかった。
「ってか怪しいと言えばさー、ももちゃんもじゃん？」
「へ……？」
「佑月が休んでる間、あの幼なじみくんといい感じだったじゃん？」
　よ、余計なことを……。
　別に今それ言わなくてもいいでしょ……。
「ももちゃんの身体のこと心配してさー、休み時間しょっちゅう様子見に来てたじゃん？」
　お願いだから、それ以上喋らないでほしい。
　怖くて、天ヶ瀬くんの顔を見ることができなくなった。
「2人ともそんなんで大丈夫？　まさか俺の知らない間に別れたりとか──」
　星川くんの声を遮るように天ヶ瀬くんが……。
「もも、ちょっと来て」
　と言って、わたしを教室から連れ出した。
　いつもより強引に腕を引っ張っていることから、怒っているのはわかる。
　何も言わず連れてこられたのは、今は使われていない空き教室。
　ガラガラッと扉を雑に閉め、ガチャッと鍵をかけた音がした。

密室の中に、2人っきり。
　そして、ずっとつかんでいた腕を離されて、近くにあった机に身体を押し倒された。
「い、痛い……よ」
　わたしがそう言っている間に、上に覆い被さって、手首をグッとつかまれた。
　そして、何も言わず唇だけを重ねてきた。
　前にしたキスよりずっと荒い。
　強引で、息をするひまも与えてはくれない。
　片手で器用にわたしの手首を押さえつけながら、ブラウスのボタンに手をかけられているのがわかる。
「んっ、ま……って……」
　キスで口を塞がれて、言いたいことを言わせてくれない。
　こんなに強引な天ヶ瀬くんは初めてだ……。
　そして、ようやく唇を離したかと思えば……。艶っぽい表情でわたしを見下ろして言った。
「……なんで、俺以外の男見ようとするの？」
「っ……」
　やめて……そんな独占欲みたいなの出さないで……。
　キスで熱を帯びた自分の身体と、火照る頬と、自然と潤んだ瞳。
　そんなわたしに、さらに迫ってくる。
「もものぜんぶ、俺だけに見せてよ」
　甘い誘惑にクラクラする……。
　錯覚してしまいそうになる……。

わたしに少しでも気持ちがあるんじゃないかって……。
そんな淡(あわ)い期待を抱かせないでほしい。
余裕がないのか、止まりそうにない天ヶ瀬くんをどう抑えたらいいのか、わからない。
そしてついに、何も言わないわたしに痺れを切らして。
「何も言わないなら、無理やりにでも俺のものにするよ」
そう言って、またキスをする。
だけど、さっきよりも優しく大切に、包み込むようにしてくるから……。
もう、どうにでもなってしまえばいいと思った……。
だけど。
唯乃さんの存在を思い出し、ハッと我に返る。
違う……こんなこと間違っている。
もし、ここで天ヶ瀬くんのものになってしまったら……もう引き返せなくなる。
好きって気持ちがあふれてきてしまう。
そして同時に襲いかかってくる罪悪感。
唯乃さんの傷を思い出すと、そんな感情が出てくる。
じんわり涙が視界を揺らす。
そんなわたしの様子に気づいた天ヶ瀬くんの手が、止まった。
「もも……」
「そんな優しい声で呼ばないで……っ」
手首をつかむ力が緩められて、顔を隠す。
きっと今の自分の顔は泣いて、ぐしゃぐしゃで、人に見

せられる状態じゃない。
　身体を丸めて、泣くことしかできない。
　そんなわたしを包み込むように抱きしめてくる温もりに、もっと胸が苦しくなる。
「……ごめん」
　そのごめんは、なんのごめん……？
　わたしに謝ってるの？　それとも唯乃さんのことに対して……？
　胸が張り裂けそうなくらい苦しい。
　泣きすぎて、頭もガンガン痛んできて、まぶたまで熱くなってきた。
　ほんの少し前までの自分は、天ヶ瀬くんを自ら手放すことを考えたことはなかった。
　もし、この関係が終わる時が来るとしたら、きっと天ヶ瀬くんから別れを告げられる時だと思っていた。
　だけど、唯乃さんが現れたことで、気持ちがグラグラ揺れている。
　このまま天ヶ瀬くんと関係を続けても、今以上にもっと苦しい思いをするんじゃないかって。
　天ヶ瀬くんは唯乃さんから離れることはできない。
　唯乃さんも一度は手放したけど、元に戻れば、もう二度と手放したりしないだろう。
　わたしが入る隙間は、まったくない……。
　泣くことしかできないわたしを見て、天ヶ瀬くんは抱き

しめていた腕を離し、何も言わずその場を去っていった。
　結局なんだったの……？
　1人取り残されて、残った気持ちは虚しさだけ。
　いろんなことが混ざりに混ざって、これから先、自分はどういう選択をすればいいのかわからなくなった。
　こんな気持ちを抱えたまま、天ヶ瀬くんのそばにいることなんて、できるわけない。
　だったら、他に優しくしてくれる人に嫌でも揺らいでしまいそうだ。
　この気持ちを消すために……。
　自分に想いを寄せてくれている愁桃の気持ちを利用しようとしてしまう。
　いっそのこと、わたしが愁桃を選んでしまえば、誰もつらい思いをすることはないのに……。

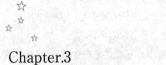

Chapter.3

ぜんぶ、壊れてしまえばいいのに。

　夏休み目前の、7月下旬。
「あの2人別れたらしいよー？」
「え、そうなの？」
　廊下から聞こえた女の子たちの会話を耳にして、それはわたしに向けられた言葉ではなかったのに、思わずドキッとした。
　あの日から1週間くらいが過ぎた。
　天ヶ瀬くんとは、あれ以来いっさい口をきいていない。
　この状態をズルズルと引きずるのはどうかと思うけど、わたしから話しかける勇気もない。
　今は放課後で、迎えに来る愁桃から逃げるために、図書室に避難している。
「はぁ……」
　このため息も今日で何度目だろう。
　胸がモヤモヤして、重苦しい。
　それを晴らそうとして、外の空気を吸おうと窓を開けたら、見たくもない光景が視界を支配した。
　図書室の奥の窓を開けると、一直線に見えてしまう学校の門。
　下校していく生徒たちが、ちらほらいる中で、見つけてしまった。
　ちょうど……。門のところで、天ヶ瀬くんと唯乃さんが

一緒に帰っていくところを……。
　きっと、唯乃さんが迎えに来たんだ。
　前に噂を耳にしていた。最近放課後、天ヶ瀬くんと他校の女の子が一緒に帰っているって。
　まさかとは思っていたけど、こんなかたちで2人を見ることになるなんて……。
　さっき廊下から聞こえてきた会話が、いつかわたしと天ヶ瀬くんのことになるのは、時間の問題なんだろうなと思った。
　迎えに来ているってことは、まだ唯乃さんは天ヶ瀬くんの家にいるってことなんだろうか。
　幼なじみでもあって、自分の好きだった人と一緒にいられることが、天ヶ瀬くんにとっては幸せなのかもしれない。
　だったら、わたしから早く別れを切り出さなきゃいけないのに……。
　それができない自分が情けない……。
　好きって気持ちが簡単に消せるものなら消したい。
　こうやって考え始めると、また、視界が涙でぼやけてしまう。
「もう……っ、どうしたらいいの……っ」
　迷ってばかりで、気持ちのけじめをつけられない今の自分をどうにかしてほしい……。

　どれくらい時間が経ったのだろうか。
　あれから、1人でバカみたいに泣いてしまって、ようや

く落ち着いて教室にカバンを取りに戻った。

　泣きすぎてまぶたが熱いし、まだ目も少し赤い。

　こんな状態で誰にも会いたくないって思っていたのに。

「おっ、戻ってきたか。遅かったな」

　もう……なんでいつもタイミングが悪いの。

　そこには、わたしの席に座って、こちらに手を振る愁桃の姿があった。

　授業が終わってだいぶ時間が経っているから、もう帰ったと思って油断していた。

「なんで……いるの」

「まだお前が帰ってねーから」

　机の横にかかる、わたしのカバンを指さした。

　失敗した。カバンを持っていけばよかった。

「もう……最悪、バカ……ッ」

　誰にも会いたくないのに。

　泣いた顔を見られたくないのに。

　だから、不自然に顔を隠しながら教室に入り、自分の席にあるカバンを取った。

　愁桃のほうは見ずに、1人で教室を出ようとしたのに、すぐに愁桃に腕をつかまれてしまった。

「離して……っ、今は誰の顔も見たくない……」

　泣きそうになるのを堪えながら、つかまれた手を振りほどこうとしたのに。

「だったら、こうしたら顔見えねーからいいだろ？」

　優しくギュッと抱きしめてきた。

「これならいいだろ？」
「よ、よくないし……バカ……ッ」
「お前さっきからバカバカってなー」
　呆れながらも、泣きだしそうなわたしの背中をさすってくれる優しさが、愁桃らしいな……と思った。
「もう……放っといてよ……っ」
　優しくされたら、嫌でもその優しさに甘えてしまいそう。
　だけど、そんなことをしたら、愁桃を傷つけてしまうってことがわかっているから。
「放っておけるわけねーだろ？　好きな女が目の前で泣きそうなのに」
「っ……」
　最近の愁桃は以前にも増して、ストレートに想いをぶつけてくる。
　お願いだから、これ以上踏み込まないでほしい。
　人って自分の心が弱っている時、誰かを求めたくなる。
　それがたとえ、そばにいてほしい人でなくても……。
　今のわたしはその状態にかなり近い。
「どーせ、俺から逃げてどっかで泣いてたんだろ？」
「……泣いてないし」
「バーカ、目赤かっただろーが」
　顔見たのほんの一瞬じゃん。
「視力よすぎだよ、バカ……」
「もものことならすぐにわかんだよ」
　このストレートさをどうにかしてほしい。

「最近のお前、いつも泣いてるから」
「っ……」
「天ヶ瀬と付き合うってなってから、お前全然笑ってないよな。泣いてばっかじゃん」

　仕方ないじゃん……。

　わたしだって泣きたくないし、幸せになれるならなりたいよ。

　抱きしめていた力が緩められて、愁桃の両手がわたしの頬を包んだ。

　自然と目線が上がって、愁桃と目が合う。
「笑ってるももが、俺はいちばん好きなのにな」

　そんな……切ない顔しながら無理して笑わないでよ。
「無茶言わないで……っ。わたしだってこんな苦しい想いなんてもうしたくな──」
「だったらやめればいいじゃねーか」

　グッと迫られた距離は、幼なじみの一線を越えてしまいそうで……。

　あと少し、どちらかが動けば、簡単に２人の影が重なってしまう。

　瞳に映る、いつもよりずっと真剣な眼差しが、どこまでもわたしの心を揺さぶってくる。

　きっと、これ以上迫られたら……。

　グラグラと揺れる音がする。
「あいつのこと諦められないなら、俺を利用すればいい」
「そんなこと……できない……っ。今よりもっと愁桃を傷

つけることになる……っ」
　今まで好きとは何度も伝えられてきたけど、利用すればいいとまで言われたのは初めてだ。
　それだけ愁桃が本気ってことだ……。
「俺はどんなかたちでも、お前が手に入ればいいって思ってる」
　弱った心に染み込むストレートな想い。
　ほんとは利用なんかしちゃダメだって……。
　わかっているはずなのに……。

「もも、好きだ」
　揺れて……。
　崩れた——。
　涙が頬を伝うのに、拭うこともできない。
　最低だとわかっていても、ただ、誰かにそばにいてほしい気持ちが強かった。
　近づいてくる愁桃を拒否することもできないまま、2人の距離がゼロになる——。
　頭ではダメだとわかっていても、抵抗することができなかった。
　唇に軽く触れただけ。
　触れてすぐに離れた。
「しゅ……う、と……」
「……ごめん、勝手にキスして」
　申し訳なさそうな表情をしている愁桃。

胸が苦しくて苦しくて、涙が止まらない。
違うのに……。わたしが求めているのはこの人じゃないのに……。
最低だ……。ほんとなら拒まなくてはいけなかった。
きっと、わたしがちゃんと拒否していれば、愁桃はキスしてこなかったと思う……。
拒否できなかったのは……心のどこかで、愁桃の気持ちを利用しようとしていた弱い自分がいたから……。
今、わたしのそばにいてくれるのは愁桃しかいないんだって思うと、手放したくないとか、勝手なことばかり浮かんでくる。
自分を見失いかけていた時、一気に現実を突きつけられることになった。
――ガタンッ……。
教室の後ろの扉のほうから何か音がした。
音のするほうに視線を向けると、予想していなかった最悪の事態。
サーッと血の気が引いていった。
ま、待って……。いったいどこから見られてた……？
一番見られたくない、見られてはいけない人に見られてしまったかもしれないと思うと、冷静ではいられない。
一瞬見えた、こちらに向けられた視線はとても冷ややかで、鋭かった。
ここまで散々自分勝手にやってきて、バチが当たったんだと思った。

とっさに愁桃を押し返して、無意識に唇をこすってしまった。
　怖くて、その人を見ることができない。
　わたしの不自然な様子に気づいた愁桃が、扉のほうを向いて驚いた顔を見せた。
　それもそう。
　だって、そこには……。
　わたしの好きで好きで、仕方ない……。
　天ヶ瀬くんがいたんだから……。
　愁桃は驚いたのと、気まずさがあるのか、声を出さない。
　わたしは全身が震えだして、さっきの苦しい涙とは違う涙が流れる。
　どうして……さっき帰ったはずの天ヶ瀬くんが、ここにいるの……？
「……あー、そーゆーこと」
　静かな教室に響いた言葉は抑揚がなく、冷めたような、どうでもいいという感じだった……。
　とっさに違うと否定しようとした自分は、どこまでバカなんだろう。
　違わないのに……。
　ぜんぶわたしの心の弱さが招いたことなのに……。
　ただ、唇を噛みしめることしかできない。
「俺は忘れ物取りに来ただけだから。あとは自由にやってれば？」
　そう言うと、教室の中に入ってきて、こちらに近づいて

くる。
　そして机の中を探したあと、忘れ物を持って教室を出ようとした。
　わたしたちのほうを、見ようともしない。
　ダメだ……。ボロボロと大粒の涙があふれ出す。
「お前、そんな言い方しなくてもいいだろ」
　ずっと黙っていた愁桃が言葉を発して、天ヶ瀬くんに近寄って胸ぐらをつかんだ。
「は……？　あんたこそ、人のもんに手出しといて、なに言ってんの？」
　呆れた声と、その手を面倒くさそうに払うのが見えた。
「もうぜんぶどうでもよくなってきた。まあ、最初から本気でもなかった相手と、ここまで続いたことが珍しいよね」
『本気でもなかった』
　はっきりと言われて傷つく資格はないのに、胸がえぐられるように苦しい……。
「どーせ、そっちも本気じゃなかったんだし。だから、ただの幼なじみと平気でそーゆーことできんだもんね」
　たしかに……わたしも悪い……。
　だけど、天ヶ瀬くんだって、わたしじゃなくて幼なじみを選んだじゃない……っ。
　いろんな感情が入り混じって、抑えられそうにない。
「天ヶ瀬くんだって……わたしより唯乃さんのほうが大切なんでしょ……っ」
　泣きながら、震える声で訴えた。

だけど。
「だったら何？」
　言葉にトゲがあって、それがわたしの胸に刺さる。
「だったら唯乃さんのところに行けば……いいじゃん……」
　こんなことが言いたいんじゃない。
　感情的になると、冷静さを失って、思ってもいないことを口にしてしまう。
「言われなくてもそうするつもりだけど」
　表情ひとつ変えない、崩れない。
　思い知らされた。
　自分の存在は、天ヶ瀬くんにとっては所詮その程度のもので、失っても何も感じない。
　この瞬間、今までの気持ちが一気に音をたてて崩れたような気がした。
　ぜんぶ、終わってしまう。
　まさか、こんな日が来るなんて思ってもいなかった。
　自分から、天ヶ瀬くんを手放してしまう、そんな日が来るなんて……。
「じゃあ……もうわたしたち付き合ってる意味ない……ね」
　終わりは、こんなにもあっけない。
「付き合ってるって言えるほどでもなかったけど」
「っ……」
　耐えられない……。
　これ以上、何を言っても、どうすることもできない。
　だから。

「──もう、別れよっか……っ」
 こんな苦しい想いをするなら、最初から付き合ったりしなければよかった……。
 きっと、この選択は正しいんだ……。
 天ヶ瀬くんは唯乃さんの元へ行って、2人がまた付き合えば……。それでいいんだ。
「ははっ……あっけないね。いーんじゃない？　俺と別れて幼なじみと付き合えば」
 自嘲的に笑いながら、別れをあっさり受け入れられて、聞きたくない言葉まで言われてしまった。
 涙が止まりそうになくて、声がうまく出ない。
 そんなわたしを見て、愁桃が天ヶ瀬くんを睨んだ。
 そして。
「俺はお前みたいに、ももを泣かせたりしない」
「だから？」
「お前みたいな最低なやつに、ももは渡さない。今日からももは俺のものだ」
「……勝手にすれば？　俺にはもうカンケーないし」
 目の前で繰り広げられる2人の会話を、止めることすらできない。
 だけど、確実にわかることは……。
 わたしと天ヶ瀬くんの関係は、今この瞬間、終わってしまったってこと……だ。

捨てきれないまま。

あの日から数日が過ぎた。

今日は終業式。学校は明日から夏休みに入る。

結局あの日、自分の口から告げた別れは、あっさり受け入れられた。

終わってしまったはずなのに……。

心にぽっかり穴が開いたようで、未だに、それが現実だということを受け入れられない。

天ヶ瀬くんが教室から去ったあと、愁桃があらためて、わたしに好きだと告白をしてきた。

天ヶ瀬くんのことをすぐに忘れろとは言わないから、俺と付き合って、時間をかけて忘れればいいと。

一瞬、心が揺らいだけれど、そんな中途半端なことはできないと断った。

都合がよすぎるし、今まで散々、愁桃の気持ちを振り回してきて、これ以上わたしの勝手な理由で、愁桃を苦しめるわけにはいかない。それに、わたしが愁桃を好きになれる保証はどこにもない。

だけど、愁桃はそれでも諦めないと言ってきて、愁桃の想いは、どこまでもわたしに一途だということを、あらためて思い知らされた。

最近のわたしは、上の空状態が続いていて、正直ここ数日の記憶が曖昧だ。

自業自得……か。

　もうすぐ愁桃が迎えに来るから、学校に行く支度をしなくてはいけないのに。

　力が入らず、ベッドから身体を起こすことができない。ただ天井を見つめて、何も考えられずにいる。

　いや、何か考えたとしても、それは天ヶ瀬くんのことばかりで……。そのたびに泣きそうになってしまう。

　——ガチャッ！
「もも、おはよう」
　部屋の扉が開いて愁桃が来てしまった。入ってくるなり力なく横になるわたしを見て、一瞬愁桃の表情が曇った。
「……早くしないと遅刻すんぞ」
「ん……」
　なんとか起き上がろうとするわたしを見かねて、愁桃がこちらに近づく。
「？」
「いつまでも暗い顔してんじゃねーよ。ほら、起きろ」
　軽々と身体を抱き寄せて、無理やり起こされた。
「早く準備しろよ。外で待ってるから」
「……わ、わかった」
　愁桃が部屋を出たあと、部屋着を脱いで、夏服のブラウスに袖を通した。

　今日学校に行けば、約1ヶ月の夏休みに入る。

　夏休みの間は、天ヶ瀬くんと顔を合わせずにすむのが救いだ。

さっと身支度をすませ、学校に向かった。
　いつまでも、天ヶ瀬くんへの気持ちを引きずっていたらダメだ。
　もう取り戻せないんだから……と自分に言い聞かせた。
　いつもどおり愁桃と教室の前で別れて、中に入ろうと扉に手をかけると。
「もーもちゃん」
　この声に一瞬ドキリとした。
　恐る恐る声のするほうに目を向けると、予想していた人物がいた。
「星川……くん」
　同じクラスだから毎日顔は合わせるけど、天ヶ瀬くんと別れてから、こうして2人で話すのは初めてかもしれない。
「佑月と別れて、早速幼なじみくんと付き合ってるんだ？」
「な、なんで星川くんが別れたことを知ってるの……？」
「佑月に聞いたから。まあ、2人のギクシャクしてる感じを見たらわかるけどね」
「そ、そっか……」
「で、新しい彼氏はどう？　好きでもない相手と付き合って幸せ？」
　嫌味っぽく聞こえたのは、わたしの気のせいだろうか。
「別に……星川くんには関係ない。っていうか、愁桃とは付き合ってないし」
　早く会話を終わらせて、教室に入りたいのに……。
「へー、付き合ってないんだ。てっきり佑月と別れて、幼

なじみくんに逃げたのかと思った。ももちゃんって押しに弱そうだから、幼なじみくんに迫られて、好きでもないのに勢いでオーケーしそうに見えたからさ」
　顔はにこにこ笑っているくせに、ズバズバと言いたい放題だ。
「そ、そんなことするわけないでしょ……」
　目を合わせると全てを見透かされそうな気がして、プイッと顔をそらしながら言った。
「そーだよね。ももちゃん本気で佑月のこと好きだろうし」
「え……」
「佑月に言ったらしいじゃん。佑月のこと好きにならない自信あるって」
「うん……言ったよ」
「嘘はよくないね。ほんとはもう好きだったのに、佑月の気を引きたくてそんなこと言ったんじゃないの？」
　図星を突かれた。
　完全に読まれている。
「ももちゃんわかりやすいからさ。見ててわかるよ、佑月のこと好きだってことが」
「っ……」
　なんだ、星川くんにはバレていたのか……。
　だとしたら、天ヶ瀬くんにもバレていたのかな……。と、今さらそんなことを考える。
「俺さー、正直２人いい感じだと思ってたんだよね。ほら、あの佑月が珍しく、ももちゃんとは続いてたじゃん？」

「それは……ただの気まぐれで。好きって気持ちはないと思う」
「えー、そう？ それは、ももちゃんがそう思ってるだけでしょ？ ももちゃんも知ってると思うけど、佑月って人にあんま関心ないし、興味ないんだよ」
「うん、そう……だね」
「そんなあいつが珍しく、ももちゃんには興味あったと思うんだよなー」
「何それ……」
　今さらそんなこと言われても。
「ほら、あいつって独占欲？ とか嫉妬心？ とかいっさいないやつだからさ。自分が縛られるの嫌いだし、相手を縛るのも嫌いだし。そんなあいつが、ももちゃんに対しては、そういう感情出してたと思うんだよねー」
「テキトーなこと言ってない……？」
「言ってない言ってない。だって幼なじみくんに手出されんの、すげー嫌がってたじゃん？ それって独占欲じゃない？」
「そんなことわたしに聞かれても……」
　もう終わったことだから。
　変に期待させるようなことを、言わないでほしい。
「もしかしたら佑月自身、そういう感情が、ももちゃんに対してあったってこと、自覚してない可能性もあるかもしれないなー」
「ほ、星川くんは結局わたしにどうしてほしいの？」

「ん？　別に何も求めてはいないけど。ただ、自分の気持ちには正直になったほうがいいよってこと。間違えても感情に流されて、好きでもない人と一緒にいようなんて考えないようにね。そんなことしたら自分も傷つくし、相手のことも、もっと傷つけることになるだろうから」

　そう言って、わたしを置いて教室に入っていった。

　わたしは、まともな意見を言われ、言葉を失って、ただその場にフリーズしていた。

　いつもどおりホームルームが始まり、先生がプリントを配り始めた。

　前の席の子からプリントを受け取り、後ろに回さなければいけない。

　少し前までは、この瞬間が好きだったのに……。

　今は身体を少し横に向けて、顔を後ろに向けることなく、机にプリントを置く。

　だけど、うまく置くことができなくて、パラッとプリントが床に落ちた音がした。

　思わず後ろを振り返り、落ちたプリントを拾おうと手を伸ばしたその時。

「っ……」

　わたしの指先が、天ヶ瀬くんの指先に少し触れた。

　とっさに、触れた指先を引くと同時に顔を上げると、しっかり目が合った。

　その瞬間、まるで時が止まったみたいに周りの音がかき

消されて、動くことができなかった。
　触れた指先の熱が、全身に伝わっていく。
　終わったはずなのに……。
　ただ少しだけ指先が触れて、目が合っただけで、こんなにも胸が騒がしくなって、ギュッと苦しくなる……。
　この人の好きな人に……特別な人になれたら……。
　今さら思っても仕方ないのに。
　捨てきれない……この想い。
「浅葉さん？　きちんと前を向きなさい」
　先生の声にハッとして我に返った。
　いったいどれくらいの間、天ヶ瀬くんを見つめてしまっていたんだろう。
　一瞬の出来事だったにもかかわらず、その瞬間がとても長く感じられた。

想いはどこまでも一途で。

　長かったはずの夏休みも、あっという間に終わってしまい、新学期が始まった９月上旬。
　学校で天ヶ瀬くんの噂をよく耳にするようになった。
　わたしと別れたことや、今は別の彼女がいること。
　わたしのほうも天ヶ瀬くんと別れてから、幼なじみである愁桃と付き合っていると勘違いをされて、女子の間では『次作るの早すぎじゃない？』とまで言われるくらい。
　すぐに愁桃が否定してくれたけど、噂ってものは厄介なもので、一度広まるとなかなか収まってくれない。
　今はとりあえず、噂が早く消えることを願うのみだ。
　今日は学校が終わって、愁桃の家で次のテストに向けて勉強をすることになった。
　正直、愁桃とはあんなことがあったから、気まずくなるかと思った。
　だけど愁桃は前と変わらず、接してくれている。
　横長のテーブルが床に置かれた愁桃の部屋で教材を広げて、勉強を教えてもらっている。
　２人で床に座って隣同士並んでいるから、肩が当たるくらい距離が近い。
「んー……頭が疲れた」
「たいして勉強してねーのに、疲れんの早すぎなんだよ」
　いつもテストは赤点スレスレだから、久しぶりにちゃん

と勉強している気がする。
「だってわたし、愁桃みたいに頭よくないもん」
　こう見えて……とか言うと失礼だけど、愁桃は昔から頭がよくて、テストではいつも上位の成績をキープしている。
「俺だってちゃんと勉強してんの。だからお前も頑張るんだよ」
「んええ、何それ」
　机にぺしゃっと顔をつけて、完全にやる気をなくした。
　そんなわたしを見て、呆れたかと思えば。
「起きろって」
　今までシャープペンを握っていた、愁桃の綺麗な手が、わたしの頬に触れた。
　ツンツンしたり、むにゅって引っ張ったり。
「な、何？　顔になんかついてる？」
「はぁ……お前ってほんと危機感ねーよな」
　ガシガシと頭をかきながら、プイッとわたしのほうから顔をそむけた。
「愁桃？」
「……なんで俺ばっかりお前でいっぱいなんだよ」
　相変わらず、わたしのほうを向こうとしないので、こちらから顔を覗き込んでみた。
「バカ……ッ、近すぎんだよ」
　あからさまに動揺しているのがわかる。
　耳を見ると、いつもより赤い。
「だいたい……男と２人っきりって危ねーと思わねーの？」

「そ、それは……愁桃だから……」
「俺だから安心しきってんの？」
　愁桃の余裕がなさそうな様子を見て、さっきまであった安心感が、なくなりそうになる。
「しゅ……うと……？」
　いつもの幼なじみの顔とは違う、1人の男の子の顔をしている。
「少しは俺のこと、男として意識しろよ」
　テーブルの上に置いていたわたしの手の上に、愁桃の手が重なった。
「……ほんとは、今すぐにでもお前を俺のものにしたい。でも、ももの気持ちが俺に向いてないと意味ないから」
　そう言うと手を離して、わたしから少し距離を取った。
　こういう誠実なところ、ほんとに愁桃らしいなって思う。
　愁桃の前では警戒心とかないし、むしろずっと一緒にいるせいで、安心感のほうが強かったりする。
　だから、急に男らしい一面を見せられるとドキッとする。
　胸に手をあてると、少しだけ鼓動が速い。
　――コンコンッ。
　急に部屋の扉がノックされて、さらにドキッとした。
「愁桃、ももちゃん？　まだ勉強してるかしら？　ご飯できたわよ」
　扉が開いて、愁桃のお母さんがそう言った。
　時計を見ると、それなりの時間になっていて、グゥッとお腹も鳴りだした。

今日は、愁桃の家で晩ご飯をご馳走(ちそう)になる予定になっている。

　愁桃のお母さんは、わたしのことを自分の娘のように大切にしてくれている。

　家族ぐるみで仲がいいから、わたしのお母さんも愁桃のことを可愛がっている。

　だから気を使うとかはあまりなくて、自分の家みたいで居心地がいい。

　晩ご飯を食べるため、愁桃と下のリビングに向かい、席につく。

　テーブルにはわたしの好きなものばかりが並んでいた。

「うわ、ももの好物ばっかじゃねーか」

　テーブルの料理を見て、愁桃がそう漏らした。

　たしかにわたしの好きなハンバーグとか、ポテトサラダとか、他にもたくさん。

　愁桃のお母さんは、わたしの好き嫌いを把握(はあく)しているから、ご飯をご馳走してくれる時は、いつもわたしの好きなものばかり作ってくれる。

「今日はね、ももちゃんが来るって聞いてたから、張りきっちゃった！」

　鼻歌を歌いながら、スープをテーブルに運んでいる姿がとても可愛い。

　テーブルに全て料理が並んで、わたしが愁桃の隣に座り、その正面に愁桃のお母さん。

　ちなみにお父さんは仕事でいつも夜遅くにしか帰ってこ

ないので、3人で食べ始めた。

　食事中は、ずっと愁桃のお母さんがわたしに話しかけてくれて。久しぶりにお邪魔したっていうのもあって、質問が絶えないようだ。

　わたしも話すのは好きだから、とても楽しい時間を過ごした。

　ご飯を食べ終えてくつろいでいると。
「あ、愁桃。お風呂わいたから先に入ってきたらどう？」
　愁桃のお母さんが食器を運びながら言う。
「いや、いい。もものこと送らなきゃいけねーし」
「え、大丈夫だよ？　家隣だし」
　愁桃の家を出てから数歩で家に着くから、わざわざ送ってくれなくてもいいのに。
「何かあったら困るだろ」
「別に何もないよ」
「あってからじゃ遅いんだよ」
　ほんと心配性なんだから。
　それは愁桃のお母さんも思ったみたいで。
「ほんと心配性ねぇ。あ、そうそう、ももちゃん。これね、最近できたケーキ屋で買ったんだけど、一緒に食べない？」
「食べます！　食べます！」
　すぐに話が切り替わって、愁桃は呆れた様子でため息をついていた。
「じゃあ、わたしたちはケーキを食べながら、ガールズトー

クでもしましょ？　ほら愁桃はさっさとお風呂入ってらっしゃい！」
「ガールズトークって……歳考えろよな」
「あらっ、わたしまだ若いつもりだものっ」
「はぁ……付き合ってらんねー」

　そう言いながらリビングから出ていき、どうやらほんとにお風呂に入りに行ったようだ。

　こうして、愁桃のお母さんがケーキと紅茶を用意してくれて、2人で話すことになった。

　さっきの食事の時は愁桃が一緒だったけど、愁桃のお母さんと2人で話すのは久しぶりで、ちょこっとだけ緊張しちゃう。

「ふふっ、愁桃がいないと話しにくいかしら？」
「い、いえ！　そんなことないです！」

　そんなわたしに対して、愁桃のお母さんは、にこっと微笑む。

「そうだ、ももちゃんに懐かしいもの見せてあげる」

　席から立ち上がり、テレビの近くにある棚から、1冊のアルバムを手にしてこちらに戻ってきた。

「ほら、これ見て！」
「わぁ、懐かしいですね！」

　そこに写るのは幼い頃の愁桃の姿。

　わたしが一緒に写っているものもちらほらある。

　ペラペラとページをめくりながら、愁桃のお母さんは楽しそうに昔の話をする。

「ほら、見て。この頃の愁桃って、ももちゃんより背が低かったのよ」

2人で横に並んで写っている写真を見ると、たしかにわたしのほうが少しだけ背が高い。

写真は、ちょうど小学校に入る前くらいかな。

どちらかというと、わたしのほうが身体が強くて、愁桃は弱いほうだった。

幼稚園や小学校低学年の時の愁桃は、すぐに熱を出して休みがちだったし。

しかも見た目がひょろっとしていて、男の子というより女の子に間違えられるくらいで、昔わたしのお母さんがふざけて、愁桃の髪を結んでリボンをつけたりした。

その写真もちゃんとアルバムの中にあった。

そう考えると、今の愁桃はほんとに変わったなぁと思う。

今は背なんかわたしよりずっと高くて、身体つきだってしっかりしている。

内面も、昔はわたしの後ろに隠れていることが多くて、引っ込み思案だったのに、今はそんなことない。

なんだか今の愁桃が、昔の愁桃と一緒なのが信じられないくらいだ。

「愁桃ほんとに変わりましたね。すごくかっこよくなったと思いますもん」

パラッとアルバムをめくっていると、愁桃のお母さんがクスッと笑っていた。

「ふふっ、そうねぇ。でもね、あの子があんなに変わった

のは、ももちゃんのためなのよ？」
「え？」
　そこからわたしが知らない昔話が始まった。
「ほら、あの子って身体が弱かったじゃない？　背も他の子に比べたら低かったし」
「そうですね」
「だからね、あの子ってば、どうしたら背が伸びる？　どうしたら、ももを守れるくらい強くなれる？って、口癖みたいにずっと言っていたの」
「え、そうなんですか？」
「それでね、牛乳をたーくさん飲めば背が伸びるし、身体も強くなるわよって言ったら、毎日欠かさず牛乳を飲み始めてね」
　それで牛乳ばっかり飲んでたんだ。
「好き嫌いしたら大きくなれないし、ももちゃんに嫌われちゃうわよ？って言ったら、嫌いなものパクパク食べるようになったのよ」
　そういえば……愁桃、幼稚園の頃は食べられないものが結構あったのに、小学校の低学年くらいから、好き嫌いをしなくなったような気がする。
「他にもね、ネギをたくさん食べたら頭がよくなるって言ったらね、お味噌汁にネギをたっくさん入れちゃって」
　ええ、単純すぎじゃん！
　そんなので頭よくなってたら、バカな人いないし。
　ネギの消費量とんでもないことになるからね!?

今の愁桃からしたら考えられない。
　わたしが同じことをしたら、絶対バカにしてくると思う。
「小さい頃からずっと、ももちゃんのこと大好きだったから、あの子。だから、ももちゃんのためならなんでもしちゃうのよねぇ」
　他にも、わたしの知らない愁桃のことを、たくさん聞くことができた。
　わたしに内緒で水泳や空手を習っていたこと。
　理由は、わたしを守りたいと思ったからだとか。
　ぜんぶ小さい頃の話で、今はやめてしまったらしいけど。
　幼なじみだからなんでも知っていると思っていたけど、意外と知らないことがあってびっくりした。
　しかも、ぜんぶわたしのために頑張ってくれていたんだって思うと、なんともいえない気持ちになった。
「母親のわたしが言うのも変だけど、あの子は誰よりも、ももちゃんのことを大切にしてると思うの」
　愁桃のお母さんの言うとおり……だ。
　小さい頃から今までずっと、愁桃は誰よりもわたしのことを理解して、大切にしてくれていると思う。
「だから、今こうして愁桃のそばにももちゃんがいてくれて、わたしすごく嬉しいの。ありがとうね、あの子のそばにいてくれて」
「っ……」
　幸せそうな笑顔でこちらを見るから、不自然に目をそらしてしまった。

お礼を言われることなんかしていない……。
むしろ傷つけてばかりで、そばにいてもらっているのは、わたしのほうなのに……。
「あんな子だけど、これからもよろしくね。きっとこれからも、ももちゃんを大切にする気持ちは、変わらないと思うから」
ますます……天ヶ瀬くんへの気持ちを捨て切らなくてはいけないと感じた。
こんなふうに、思ってくれている人もいる……。
そんな人に悲しい思いをさせてはいけないんだ。

「ねぇ、愁桃」
お風呂から出て、わたしを家の前まで送ってくれる愁桃に尋ねてみた。
「ん、どうした？」
「いろいろ頑張ってたんだね」
「なんだよ、急に」
「牛乳たくさん飲んで正解だったね」
わたしがこう言うと、全てを察したのか。
「んだよ……。母さんのやつ、余計なこと喋りやがって」
外は暗くて顔は見えないはずなのに、照れた顔を自分の手で隠そうとしているから、わかりやすい。
「ネギは今も好きなの？」
「お前なぁ……。頼むからそのネタ持ってくんなって」
「ふふっ、わたしもたくさんネギ食べようかな？　頭よく

なりたいし」
「お前いつからそんな性格悪くなったんだよ」
「もともと性格悪いもん」
　2人、横に並びながら歩いて会話をしていたら、わたしの横を自転車が横切って、とっさに愁桃がわたしの肩を抱き寄せた。
　グッと力が込められた腕から男らしさを感じてしまう。
　そして、天ヶ瀬くんの甘い匂いとは違って、優しい柔軟剤(じゅうなんざい)の匂いに包み込まれる。
「愁桃って、いつもいい匂いするね」
「風呂上がりだからじゃねーの？」
「ううん、違うよ。いつもと一緒。わたしこの匂い好きだもん。優しくて、安心する」
「お前なぁ……。あんま可愛いこと言うなよ」
　優しく抱きしめたまま、わたしを離そうとしない。
　愁桃の胸に耳をあててみると、トクトクと速い鼓動が聞こえる。
「ドキドキ……してる？」
「誰のせいだと思ってんだよ」
　今が夜で、顔が見えなくてよかったかもしれない。
　たぶん……わたし今、顔が赤い気がする。
　胸のあたりが、少しざわざわする。
「もも……」
　耳元で聞こえた声に、ピクッと肩が跳ねた。
「俺は、今も昔も変わらず、お前のことが好きだから」

「っ……」

　この想いが、痛いほど胸に伝わってくるのに……。
　一途な想いは、いつまでも交わらない。

Chapter.4

複雑に交錯する想い。

　ある休みの日の夕方。
「ももー！」
　家のリビングのソファで、くつろいでいたら、キッチンからお母さんがわたしを呼んだ。
「なーに？」
　キッチンに向かうと、どうやら晩ご飯の支度をしているみたい。
　こ、これは……何かおつかいを頼まれる予感がする！
「じつはね、お醤油きらしちゃって。近くのスーパーで買ってきてくれない？　ほら、お母さん今、手が離せないから」
　やっぱり……。面倒だなぁ、休みの日に外出るの。
「すぐそうやって面倒くさそうな顔しないの。どうせひまでしょ？　お願いよ～」
「ひまじゃないもん」
「なに言ってるのよ。今日ずっとゴロゴロしてたじゃない」
　こうして強引におつかいを頼まれ、近くのスーパーに向かった。
　入り口でカゴを持って、醤油が置いてありそうなコーナーを探す。
「あ、あったあった」
　調味料のコーナーはわかりやすくて、すぐに見つかった。
　どこのメーカーのものを買えばいいか、スマホをいじり

ながら探していると、誰かにぶつかってしまった。
「いた……っ」
　相手が声を出して倒れそうになったので、とっさに顔を上げると。
「あ……」
　ぶつかった相手を見て、思わずそんな声が漏れた。
　最悪だ……よりによって、なんでこんなところで会ってしまったんだろう。
　向こうもそんな顔をしていた。
　そこには家族と一緒に買い物に来ていた……唯乃さんの姿があった。
「あら、唯乃のお友達かしら？」
　今話したのは、おそらく唯乃さんのお母さん。
　とても品があって、唯乃さんの可愛らしい顔立ちは、お母さんそっくりだった。
「久しぶりね、ももちゃん」
　唯乃さんの、にこっとこちらを見る笑みが、やっぱり怖く感じてしまう。
　最後に唯乃さんと会ったのは、夏休みに入る前くらいだったから、ほんとに久しぶりだ。
　すると唯乃さんは、「先に行ってて。ももちゃんに話があるの」と、お母さんに告げた。
　唯乃さんのお母さんは、わたしのほうを見て、にっこり笑って、軽くお辞儀をしながら去っていった。
　２人になって、どこかに座らないかと誘われ、スーパー

の外にあったベンチに腰掛けた。
「まさかこんなところであなたに会うことになるなんてね」
「…………」
「どう？　幼なじみくんとうまくやってるの？」
「うまくやってるも何も……付き合ってないです……。どうして唯乃さんが、わたしと愁桃の関係を知ってるんですか……？」

　唯乃さんが愁桃の顔を見たのは、わたしが熱で倒れた日と、唯乃さんがわたしに用があると学校に来た時だけ。
　わたしと愁桃の関係を詳しく知っているわけがない。
　話したこともないし。
「えぇ？　そんなのゆづくんから聞いてるに決まってるじゃない。気になったから、ゆづくんにいろいろ聞いたの」
「そう……ですか」
「てっきり幼なじみくんと付き合ってるのかと思ったけどなぁ」
「どうして……そう思うんですか？」

　こんなこと聞かなければよかった、とすぐに後悔した。
「だってゆづくんと別れたんでしょ？　別れてくれたおかげで、ゆづくんは唯乃のところに戻ってきたんだもん」

　なんだ……。やっぱり天ヶ瀬くんは唯乃さんの元に戻ってしまったのか。
　今さら傷つくことや、落ち込むことはないのに……。
　胸がギュッと潰れそうになる。
　苦しさが顔に出てしまいそうだ。

「今はね、唯乃のママとパパが海外から戻ってきたから、ゆづくんの家にはいないの」
「そう……ですか」
「今のゆづくんね、唯乃のことすごく大切にしてくれるの。昔以上に。ゆづくんの家にお世話になっていた時なんか、毎晩唯乃のことを抱きしめて寝てくれたの。他にもね、唯乃がお願いしたら、ゆづくんはなんでも聞いてくれるの。優しいでしょ？」

どうして……耳を塞ぎたくなってしまうんだろう。

わたしではなく、唯乃さんとの幸せを選んだのは、天ヶ瀬くんなのだから。

何も、わたしがこんな苦しい思いをする必要はないはずなのに……。

素直に聞くことができないのは、心のどこかにまだ残っている、天ヶ瀬くんへの想いを捨てきれていない証拠だ。
「ももちゃんも、ゆづくんと別れたんだから、幼なじみくんと付き合ったらいいじゃない。好きな人がそばにいるってとても幸せなのに」

にこにこ笑いながらこちらを見る視線はまるで、羨ましいでしょ？と言わんばかり。

わたしにこんなことを言ってくるのは、どこかで優越感に浸っているからではと思ってしまう。
「っ、わたしは……愁桃のことを幼なじみ以上として見てないですから」
「へぇ、そうなんだぁ。でも幼なじみくんは、ももちゃん

のこと好きなんでしょ？　だったら、ももちゃんもその気持ちに応えてあげればいいのに」

　そんな簡単に言わないで……。

　わたしがどんな気持ちでいるか、知らないくせに……。

　何も言い返せないわたしに、唯乃さんはさらに追い討ちをかけるように喋り続ける。

「あ、そうだ。せっかくだからダブルデートとかしてみないっ？　唯乃、そういうの憧れだったの！」

　こんな提案をしてくるんだから……。

「唯乃のパパが遊園地のチケットをちょうど4枚くれたから、一緒にどう？　幼なじみくんを誘って、わたしと、ゆづくんと、ももちゃん4人で」

　きっと今のわたしは、2人の幸せそうな姿を見て現実を突きつけられたら、耐えられる気がしない。

　それに……愁桃を巻き込むわけにもいかないし、これ以上わたしの勝手で振り回すことはできない。

　無理だと断ろうとした。

　だけど、わたしの顔色を見て何かを察したのか、唯乃さんがいつになく真剣な顔になって、はっきり言った。

「証明してほしいの。安心させてほしいの」

「え……？」

「あなたにゆづくんへの気持ちがないことを」

「そ、そんなこと……今さら……」

「いいじゃない。ももちゃんは、ゆづくんのことなんて好きじゃないんでしょ？　まさか、好きとか言わないよね？」

「それは……っ」
「だったらいいじゃない。断られたら唯乃疑っちゃうけど。ゆづくんのことが好きなのかって」

　こうして断ることができず、約束をしてしまった。

　翌日、ためらいながらも、愁桃にそのことを話したら、「俺はいいけど……お前は大丈夫なのか？」と心配されてしまった。

　でもいっそのこと、天ヶ瀬くんと唯乃さんの幸せそうな姿を見てしまえば、完全に諦めることができるかもしれない……という微かな期待もあった。

　そして、ついにその日がやってきてしまった。

　当日は駅で待ち合わせではなく、遊園地のゲートの前で待ち合わせになった。

　いつもより早く起きて準備をすませ、愁桃と約束の場所まで電車を乗り継いで向かう。

　かなり気が重い……。

　愁桃とは付き合っていないとはいえ、ダブルデートという名目で出かけることになるなんて……。

　天ヶ瀬くんとは、毎日教室で顔を合わせるけど、話すことはまったくない。

　それなのに今日１日、行動をともにすることになるとは思ってもいなかった……。

　気まずいな……と１人で考えていると。
「もも、大丈夫か？」

「へ……？」
　余計なことを考えているわたしに、愁桃の心配そうな声がかけられて、ハッと我に返った。
　今は人がたくさん乗っている電車に揺られている。
　きっと体調が悪くなったのではないかと、心配して声をかけてくれたに違いない。
「だ、大丈夫……！　ちょっと考え事をしてただけ」
「……そっか。なんかあったらすぐに言えよ？」
「う、うん」
　こうして電車は目的地へ着き、ゲートがあるほうへ２人で歩く。
　休みの日ってこともあって、周りは家族連れや友達同士で来ている人たちでいっぱいだ。
　そして、恋人同士で来ている人たちも。
　視界にちらほら入ってくるカップルたちは、手を繋いで楽しそうな顔でゲートまで向かっていく。
　天ヶ瀬くんも唯乃さんと手を繋いだりするのかな……？
　それを目の前で見なきゃいけないのか……。
　やっぱり心のどこかで、天ヶ瀬くんへの気持ちがどうしても出てきてしまう。
　こんな状態で１日過ごすことができるのか、不安な気持ちを抱えたまま、ゲートで唯乃さんたちと合流した。
「あ、ももちゃん!!　こっちこっち！」
　ゲートに着くと、わたしたちを見つけた唯乃さんが手を振っていた。

唯乃さんらしい可愛らしい格好……。
いつものツインテールに、ベレー帽をかぶっていた。
ボルドーのワンピースに、靴は黒色のブーティー。
「遅いから道に迷ったかと思っちゃったよ。無事に合流できてよかったぁ」
はしゃぐ唯乃さんの隣には……いつもと変わらない天ヶ瀬くんがいた。
グレーのニットに、黒のパンツ。
シンプルだけど、スタイルがいいから天ヶ瀬くんによく似合っていて、その姿に見とれてしまった。
「あ、そうだ！　ももちゃんの幼なじみくん？って、ちゃんと話すのは今日が初めてだよね？　たしか、愁桃くんって名前だっけ？」
「……あ、えっと、そうです」
わたしがそう言うと、愁桃は軽く頭を下げていた。
「じゃあ、唯乃もあらためて自己紹介しておこうかな。ゆづくんの幼なじみの戸羽唯乃です。よろしくね、愁桃くん」
にこっと愁桃に笑いかけた。
今回のこのダブルデートで、唯乃さんは何を企んでいるんだろうって考えてしまう。純粋に楽しもうとしているようには、とても思えない。って、深く考えすぎかな……。
それから４人で中に入ると、休日ということもあって、人がとても多かった。
見失ったらすぐにはぐれてしまいそう。
わたしと愁桃が隣に並び歩いて、前に唯乃さんと天ヶ瀬

くんが歩いている。
「ねぇ、ゆづくん！　これね……」
　笑顔で楽しそうに話しかける姿を見て、思わず視界から2人を避（さ）けるように、他に視線をそらした。
　あんなにひどい別れ方をして、気持ちなんてなくなっていいはずなのに。いつまで引きずっているんだろう……。
　それから、ある程度アトラクションに乗ったわたしたちは、お昼を食べることになった。
　4人掛けのテーブルで、わたしと愁桃が隣同士に座る。
　テーブルを挟んで、唯乃さんと天ヶ瀬くんが座った。
　それから1時間弱で食事をすませて、今は食後に頼んだ飲み物を飲んでいるところ。
　わたしと唯乃さんはミルクティーで、天ヶ瀬くんと愁桃はコーヒーを飲んでいる。
「ねぇ、愁桃くんって、ももちゃんのこと好きなんでしょ？」
　飲んでいたミルクティーをふき出しそうになった。
　何も今、それを聞かなくてもいいんじゃないかと思う。
　横目で愁桃の様子をうかがうと、少し驚いた顔をしたあとに、わたしのほうをジーッと見た。
　そして。
「好きですよ」
　はっきり答えた。
「へぇ〜。じゃあ、ももちゃんのどういうところが好き？」
　唯乃さんは、にこにこしながら、質問をやめない。
「どういうところって……。まあ、小さい頃からずっと一

緒だったし、どこが好きとか決められないですけどね。ぜんぶ可愛いんで」

またしても、ミルクティーをふき出しそうになった。

「こんなに想われてるなんて、ももちゃん幸せだねっ、ゆづくん」

正直、天ヶ瀬くんの顔を見るのが怖かった。

だけどほんの少しだけ、どういう反応をしているのか気になりチラッと見ると。

「別に……興味ない」

感情のこもっていない声のトーンと、興味のなさそうな表情。

ショックを受ける資格はないのに、ズキッと胸が痛んだ。

そして、何も言わず天ヶ瀬くんは席を立ち、どこかへ行ってしまった。

「もう、ゆづくんってば。ごめんね2人とも。今日機嫌悪いみたいで。いつも唯乃と2人の時はもっと優しいし、話してくれるんだけどなぁ……」

唇を尖らせながら不満そうに愚痴を漏らしていたけど、それすら悪意を感じてしまう。

まるで2人の時は、違う一面を見せているって言われているみたいだから。

それから天ヶ瀬くんは戻ってこず、唯乃さんが連絡をしても繋がらず、お店を出てから3人で天ヶ瀬くんを探すことになった。

季節は9月に入っているとはいえ、外に出ると太陽の日

差しが強くて暑い。
　ただでさえ、普段から外に出ることが苦手なわたしにとって、人混みと、この暑さはきつい。
　ふらふらと、ぼんやりする意識の中で歩いていたら、いつの間にか唯乃さんと愁桃を見失っていた。
　とりあえず何か飲み物を買って、身体の熱を下げたい。
　だけど、こういう時に限って自販機（じはんき）が見つからず、ベンチに座ろうとしても、あいているところはどこにもない。
　人混みの波に揺られながら、ますます気分が悪くなっていく。
　さっきからカバンに入っているスマホが震えているのに、そっちに意識が回らない。
　頭がボーッとして、目を閉じるとクラクラする。息をするのも苦しくて、だんだん不安になってきた。
　頼れる人がいない、助けも呼べない状況に、さらに焦りを感じる。
　ついに限界がきて、身体がグラッと後ろに倒れかけたその直後、ドサッと誰かに受け止められた。
　そこにいたのは……。
　ここで少しの間、わたしは意識を失ってしまった。

　意識が戻って目を開けようとすると、視界が濡（ぬ）れたタオルのようなもので覆われていた。
　冷たくて気持ちいい。
　首元には袋（ふくろ）に入った氷が当てられているようだ。

身体は横になっていて、頭が誰かの膝の上に乗っかっている気がする。
　視界を覆っていたタオルをどかした。
　ここがどこなのか周りを見渡すと、どうやら、わたしが意識を失った場所の近くにベンチがあったみたいで、そこに横になっているみたいだった。
　そして、真上を見ると……。
「……目覚めた？」
「っ……」
　いちばんに視界に入ってきた、心配そうにわたしを見つめる……天ヶ瀬くん。
　嘘みたいだ……。
　天ヶ瀬くんがわたしを助けてくれたなんて。
　久しぶりに、こんな近くで顔を見て、声を聞いた。
「偶然通りかかったら急に倒れるから」
「……ご、ごめん……なさい」
　まともに顔が見られない。
　すぐに覆っていたタオルを、再び被せようとすると。
「まだ調子悪い？」
　それを阻止されて、天ヶ瀬くんの冷たい大きな手が、わたしの頬を包んだ。
　そして、顔を近づけてくる。
「だ、だい……じょうぶ。……っ!?」
　こんなこと、前にもあった。
　キスされるのかと思うくらい近い距離。

おでこをコツンとぶつけてきた。
「ん、熱はだいぶ引いたね」
「っ……」
　やめてほしい。そんな簡単に近づいてこないでよ。
　さっきから胸の鼓動が収まりそうにない。
「あ、あの……ち、近い……です」
「……なんで敬語？」
「な、なんとなく……です」
「……何それ。あいつはよくて、俺はダメなわけ？」
「え……？」
　何を言っているの？と聞き返そうとしたら、タイミングよく天ヶ瀬くんのスマホが震えた。
　すぐに天ヶ瀬くんが画面を見て、誰かからのメールと着信を確認した。
　そのまま電話をかけなおすことも、メールに返信することもなく、スマホをポケットにしまった。
　そして、わたしの身体をゆっくりと起こしながら、「……もも、ちょっと来て」と言われて、何も返せず、ただ手を引かれるままついて行く。
　どこに行くのかと思えば、連れてこられたのはとても意外な場所。
「か、観覧車……？」
　何が起きているのか状況を把握できていないわたしの手を引いて、そのまま中に乗り込んだ。
「はーい２名さま、いってらっしゃーい」

そんな係員さんの声が聞こえて、バタンッと観覧車の扉が閉められた。

急すぎる展開にまったくついていけない。

ここの遊園地の観覧車は結構有名で、1周するのに約30分くらいかかる。

つまり……しばらく天ヶ瀬くんと2人っきり。

とりあえず、ずっと立っているのは危ないので座ると、わたしとは反対側の正面に天ヶ瀬くんが座った。

「…………」
「…………」

沈黙(ちんもく)が流れる。

この状態が気まずくて、わたしのほうから沈黙を破った。
「あ……えっと、助けてくれてありがとう。あの、2人ってどこにいるのかな……？　もし連絡取ってないなら、心配してるかもしれな……」

ペラペラと口を動かすわたしに、イラ立ったように突然天ヶ瀬くんは立ち上がり、わたしの隣に腰をおろした。

そして両手で無理やり頬を挟まれて、天ヶ瀬くんのほうに顔を向けさせられた。

「……そんなあいつのことが気になる？」

なんで……そんな切なそうな顔で見てくるの……？
「き、気になるっていうか……ちゃんと連絡しておかないと心配するだろうし……」
「今ももといるのは俺なのに、なんで他の男のこと考えんの？」

もう……お願いだから、これ以上わたしの心をかき乱さないで……っ。
　　そう瞳で訴えた。
　　だけど、それは効果がなくて。
「もも……」
「っ……」
　一気に気持ちが引き込まれてしまう。
　視線をそらしたいのに、身体が動かない。
「今は……俺だけ見てよ」
「……んっ」
　歪めた顔が少し傾いて、近づいてくるのが見えた。
　ギュッと目をつぶると、やわらかい感触が唇を包む。
　抵抗することなんて、できなかった。
　最初は少し触れただけで、すぐに離れた。
　目を開けて、再びお互いの視線が絡んだ時、何も言わず、さっきより強引に唇を塞がれた。
「っ……ダメ……んぅ……」
「……黙って」
　言葉を発することすら、許してもらえなくて。
　酸素を取り込もうとしても、その隙すら与えてくれない。
　……唇を挟んで、甘く嚙んでくる。
　天ヶ瀬くんには唯乃さんがいるのに……。
　どうしてキスなんか……と考えるけど、どんどん深くなっていくキスが、余計なことを考えさせないようにしてしまう。

このキスに身体が逆らえない……。
「はぁ……っ」
　やっと離れた頃には、観覧車が1周を終える頃だった。
　途中、わたしがどうしても息が続かなくて、離してくれたりもしたけど、すぐにまた塞がれて。
　今までしたことがないようなキスもされて……。
　時々、わたしの頬や首筋を優しく手で撫でたりして。
　甘すぎて……溶けてしまいそうだった。
　意識がまだボーッとしている中、ガチャッと扉が開き、係員に降車を促される。
　降りようとしたところで足元がふらついて、とっさに天ヶ瀬くんに支えられた。
　階段を降りて出口に着くと、タイミングよく唯乃さんと愁桃が向こうからやってくるのが見えた。
　罪悪感に襲われて、とっさに下を向く。
「ちょっと、ゆづくん。さっきからずっと連絡してたのになんで返してくれないのよ！　急にいなくなるし、ももちゃんもどこ行ったかわからなくなるし」
　唯乃さんがいろいろ話しているけれど、正直耳に入ってこない。
　頭の中では、どうして天ヶ瀬くんがあんなことをしてきたのか、そんなことばかりを考えていた。
　この場にいる、誰の顔も見ることができなかった。

　夕方になり天ヶ瀬くんと唯乃さんと別れて、愁桃と2人

で家に向かう帰り道。

結局あのあとから、愁桃と何を話せばいいのか、どう接すればいいのかわからず、話しかけてくれても、返しがぎこちなくなってしまう。

きっとわたしの、あからさまな態度に、愁桃は何か気づいているはず……だ。

未だに、唇に残る感触が消えてくれない……。

だけど心のどこかで、消えてほしくないと思ってしまう自分がいる。

とくに何も会話はせず、お互いの家まで着いてしまった。

ここで、別れるはずだったのに。

「もも……」

家に入ろうとするわたしを引き止めて、抱き寄せられた。

やっぱり何かを感じ取られてしまったに違いない……。

あの、観覧車でのキスで、こんなにもあっさりと、気持ちが戻ってしまうなんて……。

何も言わず、抱きしめる力が緩められた。

そして、愁桃の顔が切なく笑った。

「天ヶ瀬と……なんかあったのか？」

「っ……」

「途中いなくなった時、天ヶ瀬と２人でいたんだろ？」

思わず視線を下に落としてしまった。

自分が苦しむだけならいいのに。

相手を苦しめて、傷つけることはしてはいけないのに。

結局わたしは、天ヶ瀬くんへの想いを捨てきれていな

かった。
　いつまでも引きずっていてはダメだと、頭ではわかっているのに……。気持ちが簡単に動いてしまう。
　今のわたしはぜんぶ中途半端すぎる……。
　ずっと黙ったまま下を向くわたしに、愁桃はこれ以上聞いてくることはなく。
「答えられないか……。今日疲れたよな。ちゃんと休めよ？」
　こんな時まで気を使わせてしまった。
　その言葉に、ただ、首を縦に振ることしかできなかった。

天ヶ瀬くんのほんとの気持ち。

「はぁ……」
　少しずつ秋めいてきた9月の終わり。
　お昼休み、ため息をついて窓の外を眺めていたら、花音が心配して話を聞いてきた。
「どうかしたの？　最近ずっと浮かない顔ばっかりしてるけど」
　ダブルデートをしてから数日が過ぎた。
　愁桃は、あれから天ヶ瀬くんのことは何も聞いてこなかった。
　だけど間違いなく、あの日のわたしの様子の変化から、わたしと天ヶ瀬くんの間に何かあったことを、勘づいているに違いない。
　どこかぎこちなくて、気を使わせてしまっているようにも感じる。
　天ヶ瀬くんとはあれから何も話していないので、なぜあの時キスをしてきたのか、理由もわからずじまいだった。
　花音には、天ヶ瀬くんと別れたこと、愁桃に告白をされたけど、付き合ってはいないことしか話していない。
　別れた理由、ましてや、唯乃さんの存在が関わっていることは言っていない。
　話すといろいろ複雑だし、心配をかけてしまいそうで。
「天ヶ瀬くんと別れてから元気ないけど大丈夫？」

「……う、うん。全然平気……っ」

これ以上何かを聞かれると、答えに困ってしまいそうで、話題が変わるのをただ待つことしかできないでいた。

結局、花音も深く聞いてはいけないと察してくれたのか、それからとくに何も聞かれることはなかった。

——放課後。

なんだか今日は、いつもと違う道で帰りたい気分になり、遠回りの道を選んだ。

学校から出ると、大きな交差点があり、そこには歩道橋がかかっている。

そこを通って帰ろうと歩道橋の階段をのぼっていた時。

上を見たら、数段前に見覚えのある、後ろ姿をとらえた。

「あ……」と、思わずわたしが声を出すと、その声に気づいたその人がこちらを振り返った。

その瞬間、驚いたその人が、そのまま身体のバランスを崩したのが見えた。

「あ、危ない！」

とっさに落ちてくる身体を受け止めた時、自分の身体のバランスを保つのが難しくて、手すりをグッとつかんで、なんとか支えることができた。

もし、わたしが受け止めることができなかったら、2人そろって階段から落ちていただろう。

幸い、落ちてきたのが数段でよかった。

これがもっと高い位置から落ちてきていたら、受け止め

ることはできなかったと思う。
「よ、よかった……。ケガしてないですか?」
　わたしが声をかけると、不満そうな顔でこちらを睨んでいる……唯乃さんの表情をとらえた。
　そう、まさかこんなところで、唯乃さんと偶然会うなんて思ってもいなかった。
「何よ……っ。なんで助けるのよ」
　そんな言い方しなくても。
　素直に助けてくれてありがとうって言えばいいのに。
「だ、だって今わたしが助けなかったら、唯乃さんケガしてましたよ」
「何それ……。お人好し……バカみたい」
　強気に言葉を放って、わたしから離れたかと思えば。
「変わり者すぎ……。唯乃のこと嫌ってるくせに。やっぱり唯乃はあなたみたいな人、大っ嫌い」
　いや、いきなり大っ嫌いと言われても。
　まあ、もともと好かれているとは思っていなかったから、なんとも思わないけど。
「助けなくてもよかったのに……」
　ムッとした顔でわたしを見た。
「それは無理です。だって、唯乃さんがケガしたら天ヶ瀬くんが悲しむし……。だから、とっさに身体が動いてて」
　好きとか嫌いとか関係なく、助けたいと思ったのは本心だから。
　きっと、唯乃さんがまた傷ついたら、天ヶ瀬くんは自分

のせいじゃなくても責任を感じてしまいそうだから。
「嘘ばっかり……。唯乃にゆづくん取られて悔しいんでしょ？ 無理して自分の気持ち押し殺してるくせに……。お互いなんなのよ、想い合って、ほんとムカつく……っ」

　怒っている口調で、そのまま立ち去っていくのかと思えば、わたしの手を引いて、「ちょっとついてきて」とだけ言われて、ある場所に連れていかれた。

　十数分ひたすら歩いて、連れてこられた目の前の建物に驚いた。

　わたしが連れてこられたのは、近所でも大きくて有名な病院だ。

　そのままわたしの手を引いて、中に入っていく。

　正面入り口の自動ドアが開くと、病院独特の鼻にツンッとくる消毒のような匂いがする。

　受付を通り越して、ずんずん中に進んでいく唯乃さん。

　なんでここに連れてこられたんだろう？と頭の中に、はてなマークを浮かべ、勝手に中に入って大丈夫なんだろうか？と心配しながらついていく。

「ここで座って待ってて。パパ呼んでくるから」

　そう言われて、指示された場所に座って待つこと数分。

　唯乃さんと、白衣を着た年配の先生が、救急箱のようなものを持ってやってきた。

「パパ、この子。わたしが階段から落ちそうになって助けてくれた時に、手首をひねったみたいなの。だから、急いで手当てしてあげてほしいの」

唯乃さんのお父さんって、お医者さんだったんだ。
「おやおや、そうなのかい？　娘を助けてくれたのか。ありがとうね」
　唯乃さんのお父さんは、こちらを見て優しく笑った。
　というか唯乃さん、わたしが手首をひねったことに気づいていたんだ……。
　じつは唯乃さんと自分の身体を支えた時、握った手すりをうまくつかめなくて、手首をひねってしまっていた。
　すぐに湿布を貼ってから、軽く包帯を巻いて、手当てをしてもらえた。
　その間、唯乃さんはスマホを持ってどこかへ行ってしまった。
「よし、これでいいかな。あまり痛かったらまたここにおいで。娘を助けてくれて、ほんとにありがとうね」
「い、いえ。そんなお礼を言われるようなことはしてないです……」
　すると、唯乃さんのお父さんは、ははっと笑いだした。
「たぶん、唯乃にとってキミはとても大切な子なのかな？」
「え……えぇ？」
　どうしてそう思ったのか、不思議でたまらない。
　むしろすごい嫌われてますけど。なんてことは言わないほうがいいと思って黙っていると。
「珍しいんだ。唯乃がこうやってお友達を連れてくるのは」
「いや……友達って呼んでいいのか、わたしもよくわからないんですけど……」

「おや？　友達ではないのかな？」
「……たぶんわたし、唯乃さんに好かれてないと思うので」
　苦笑いをしながら、わたしがそう言うと、目を真ん丸にして驚いた顔をしていた。
「ははっ、それはどうかな？　あの子は好き嫌いが激しい子でね。わがままに育てすぎたわたしも悪いんだがね。自己主張が激しくて、協調性がなくて、昔から友達が少ない子だったんだ」
　たしかに……なんて失礼かな。そのまま、唯乃さんのお父さんは話し続ける。
「だから、家にお友達を連れてきたことはそんなにないし、ましてやここに連れてくるのは初めてでね。よほど大切な子だから急いでわたしの元に連れてきて、手当てを頼んだのかと思ったんだけどな」
　まさかそんなことは……。
　だって、わたしは唯乃さんにとって、邪魔な存在でしかないはずだから。
　今は天ヶ瀬くんが自分の元に戻ってきて、満足しているんじゃないかって思う。
「そういえば、お名前を聞いていなかったね。よかったら教えてくれるかい？」
「え、あっ、浅葉ももです」
「ももさんか。ちょっとわがままな娘だけど、これからも仲よくしてやってね」
「あ、はい……」

いや、なんで『はい』って返事しちゃってるの……と、心の中で自分に突っ込みを入れる。
　その直後、用事をすませたのか、唯乃さんがこちらに戻ってきた。
「手当てはすんだよ。じゃあ、お大事にね、ももさん」
　と、最後まで唯乃さんのお父さんはいい人だった。
　そのまま唯乃さんに待合室に連れていかれ、ソファに2人で腰をおろした。
　ドサッと座って腕を組んで、相変わらず態度が大きいなと思っていたら。
「なんかパパと仲よさそうに話してたわね」
「あ、わたしと唯乃さんが友達だと思ったみたいで」
「やだ、何それ。気持ち悪い。ちゃんと否定したの？」
　気持ち悪いって、何もそこまで言わなくても。
「否定はしてないかもです」
「……あっそ」
　ここで一度会話が途切れてしまった。
　しばらくの間、沈黙が続くと、唯乃さんから口を開いた。
「ねぇ、最近のゆづくんって、なに考えてると思う？」
　いきなり何を言うのかと思ったら、天ヶ瀬くんのことだった。
　そんなこと、接点のないわたしが知るわけもないのに。
「それは唯乃さんのほうがよくわかってるんじゃ……？」
「そうね。わかってるから腹が立つの」
「え？」

はぁ、と盛大なため息がこちらに向けられた。
「あなたからゆづくんを取り戻して、わたしの元に戻ってきてくれて幸せだったわよ。もし、今わたしに気持ちがなくても、きっとゆづくんの気持ちは、またわたしに向くと思っていたから……」
　今度は、悲しそうな横顔が見えた。
「なのに、わたしのそばにいるゆづくんは空っぽで……。唯乃のことなんか眼中になくて……。なんでも言うことを聞いてくれるのに、その中に、ゆづくんの感情とか意思が何もない。わたしは、そんなゆづくんが欲しかったわけじゃないのに……っ」
　次第に感情的になってきたのか、大きな瞳から涙があふれてきた。
　そんな姿を見て、思わずカバンに入っていたハンカチを手渡すと。
「いらない……っ。あなたのそういうところ、ほんとに大っ嫌い……っ」
　差し出した手を払われてしまった。
「でも……天ヶ瀬くんは、唯乃さんのことを大切にしていると思いますよ。きっとわたしなんかよりずっと」
　こんなことわたしが言うのもおかしな話だけれど。
「何それ……っ。わたしがどんな気持ちでいるか知らないくせに……っ」
「それは……」
「ゆづくんは、たしかに唯乃のことを大切にしてくれてい

るし、そばにいてくれた。……毎晩唯乃がさびしくなったら、抱きしめて眠ってくれた。その時は愛されてるんだって思っていたのに……」

 話を聞いていると、どうして唯乃さんがこんなに感情的になるのかが、わからない。

 好きな人がそばにいて、幸せなはずなのに。

 だけど。

「ゆづくんは……唯乃を抱きしめながら、唯乃じゃない子の名前を呼ぶんだから……っ」

「え……？」

「眠っている時、無意識に、優しく抱きしめながら、愛おしそうに "もも" って……。あなたの名前を呼びながら抱きしめられるなんて、もう嫌なのよ……っ」

 一瞬、耳を疑った。

 何か聞き間違いでもしたのかと思った。

 どうしてわたしの名前を……？　寝ぼけてそんなことを言っているの……？

「……バカみたい。最近のゆづくんはあなたのこと考えてばっかり。だからダブルデートに誘って、あなたと幼なじみくんが仲よくしている姿を見せつけて、諦めさせようとしたのに……。むしろ逆効果だったみたいだし」

 すると、唯乃さんのスマホが震えた。

 画面を確認すると、またため息をつきながら。

「何よ……唯乃のことでこんなに必死になってくれたことないくせに……っ」

唯乃さんが独り言をつぶやいたその時。
「……もも！」
　聞き覚えのある声が、耳に届いた。
　そこにいるはずのない声の主に驚きながら、声がするほうを振り向いた瞬間、いきなり抱きしめられた。
　嘘……っ。
　な、なんで……天ヶ瀬くんが!?
　わたしをしっかり抱きしめるのは、紛れもなく天ヶ瀬くんで。
　抱きしめられる直前、いつもの涼しい顔はどこかへいって、焦った顔が見えた。
　そして、抱きしめられてわかった。身体が少し汗ばんでいて、呼吸が整っていない。
　こんなに動揺している天ヶ瀬くんは見たことがない。
　いったいどうして……？
　すぐに身体を離されて、視線がぶつかる。
　そして。
「……ケガしたって聞いて焦った」
　まだ呼吸が整っていない状態で、心配そうにわたしを見つめる。
「なんで……っ、そんなに焦って……」
　胸がギュウッとしめつけられる。
　天ヶ瀬くんにとって、わたしはなんでもない存在のはずなのに……。どうして今になって……。
　状況がまったく呑み込めないわたしに、唯乃さんが言う。

「さっきゆづくんにあなたがケガしたって連絡したの。ちょっと大袈裟に言ったら、すぐに飛んでくるし。ほんとゆづくんらしくない」
「……骨、折れたって聞いたんだけど」
「え、いや……。えっと、手首を少しひねっただけで」
　包帯が巻かれた手首を見せると、安心した表情を見せた。
「……何それ。すごい重症みたいな連絡きたから焦ったし」
　安心したのか、身体の力がぜんぶ抜けたようにソファに座り込む天ヶ瀬くん。
　そんな天ヶ瀬くんに対して唯乃さんがズバッと言う。
「ほんとバカみたい。そんなにこの子のことが大切なら手放さなきゃよかったのに。唯乃に気持ちがないゆづくんなんて、そばにいてくれても全然嬉しくないんだから……」
　そう言うと、さらに。
「唯乃のことだけを見てくれないゆづくんなんて、必要じゃない……いらない。だから好きにすればいいじゃない。もう、この傷のことで、ゆづくんを縛るのはやめてあげるから……っ」
　泣きそうになったのか、わたしたちから背を向けてしまった唯乃さん。
　そんな姿を見て、天ヶ瀬くんが何か言おうとする。
「唯乃……」
「……やめて、今は何も聞きたくないから」
　こちらのほうは見ずに去っていくのかと思えば、去り際にわたしたちに向かって。

「素直になれない者同士、仲よくやってなさいよ、バーカ！」
　何もバカまで言わなくても。
　残されたわたしと天ヶ瀬くんは、いつまでも病院の中にいるわけにもいかないので、外に出て近くにあった公園のベンチに腰掛けた。
　一度にいろんなことが起こりすぎて、整理しきれない。
　そんな状態で天ヶ瀬くんと２人っきりになるなんて。
　ずっと黙り込んでいると、天ヶ瀬くんが驚くことを口にする。
「ももって好きなやついるの？」
「へ……？」
　突然何を言うのかと思えば。
　なんて答えていいのかわからなくて、天ヶ瀬くんを見つめる。
　だけど、いつもと変わらない表情をしているから、何も読み取ることができない。
「いるなら答えて」
「いや、えっと……」
　答えてと言われても……。
　今、隣にいる天ヶ瀬くんです、とは言えない。いきなり告白をするなんて、心の準備ってやつができていないし。
「あの幼なじみが好きなの？」
　少しだけ天ヶ瀬くんの表情が崩れて、ムッとした顔で聞いてくる。
　いったいなんでそんなことを聞いてくるのか、混乱する

わたしに、さらに衝撃的なことを言う。
「俺さ、もものこと好きみたい」
「あ、そうなんだ……」
「うん」
「…………」
　ん？　んんん？　ちょ、ちょっと待った……！
　なんか今さらっと、とんでもないこと言わなかった!?
「へー、意外とあっさりした反応するんだね」
「い、いや！　今の反応は間違えた！」
「へー、そう」
　自分から爆弾発言を落としてきたくせに、しれっとした顔をしているから、わたしどうしたらいいの!?
「す、好きって言った……よね？」
「うん、言った。好き」
　ちょっ、ちょっと待ってよ。
　なんでこんなあっさり、好きって言うのさ。
　いきなりすぎるんだけど……！
「な、なんかの罰ゲーム……？」
「なんで？」
「いや……天ヶ瀬くんがわたしのことを好きだなんて信じられなくて」
「うん。俺も信じられない」
　えぇ……、なんかそれ、地味に傷つくんですけど！
　そっちから好きって言ってきたくせに！
「だけど、俺にはももじゃなきゃダメみたい」

っ……。天ヶ瀬くんってこんなストレートに気持ちを伝えてくる人だった？

「最初は、まさかこんなに好きになるとか思ってなかったし。俺のこと好きにならない自信あるとか言われたから、面白そーだなって軽い気持ちで乗ってみただけ」

「…………」

「でも、ももが幼なじみと一緒にいるとイライラするし、自分でもよくわかんない感情になって。今まで嫉妬とか独占欲とか相手に感じたことなかったし」

　さらに、天ヶ瀬くんは話し続ける。

「バカで強がりで、泣き虫で。幼なじみの前では素でいるくせに、俺の前では素を見せないところも気に入らない」

「バ、バカじゃない……もん」

「バーカ、なに言ってんの？　俺から離れてあいつのものになってんじゃん」

「そ、それは誤解だよ……っ。愁桃とはそんな関係じゃないもん。それに、天ヶ瀬くんがはっきりした気持ちを教えてくれないから……っ」

「だったら、ももだってそーじゃん。俺のこと好きじゃないんでしょ？」

「っ……」

　違う……もん。

　ほんとはずっと、好きで好きで……。

　どうやったら、天ヶ瀬くんの特別になれるんだろうってそればかり考えていて。

だから、好きにならない自信あるなんて言って、そばにいることしかできなくて。
　でも、ほんとは好きで……大好きで。
「天ヶ瀬くんだって……わたしじゃなくて唯乃さんを選んだくせに……っ。あの時わたしすごいショックで……」
　まだわたしが話している途中なのに、肩を抱き寄せられて、天ヶ瀬くんの匂いに包み込まれた。
　胸がキュッと縮まって、やっぱりこんな感覚になるのは天ヶ瀬くんだけなんだ……って、思い知らされているみたいだ。
「……あれは、ももに悪かったなって思った。唯乃のことは昔いろいろあったから」
「……傷、のこと……？」
「……唯乃から聞いた？」
「うん……いろいろと」
　それから天ヶ瀬くんの口から聞いたのは、唯乃さんから聞いたこととだいたい同じだった。
　傷のこともあり、最初は償いの気持ちでそばにいたこと。
　だけど、そばにいるうちに、唯乃さんの魅力に惹かれて好きになったこと。
　中学３年の春休み、唯乃さんが留学して、次第に連絡が取れなくなり、関係が自然に終わってしまったこと。
　裏切られたことで、人を信じられなくなったこと。
　だから、彼女ができてもすぐに別れたり、自分から追いかけることもしなくて、また次の彼女を作っての繰り返し

だったこと。
　唯乃さんの傷のことで、天ヶ瀬くんは自分がずっとそばにいなきゃいけないんだと、そばにいると決めたのにもかかわらず、一方的に連絡を絶った唯乃さんを許せなかった過去もあったと話してくれた。
「自分が大切に想っていても、どうせいつかいなくなるなら、そんな存在作らなきゃいいんだって思ってたから」
　初めて天ヶ瀬くんの口から全てを聞いて、視界がゆらゆら涙で揺れ始める。
「それなのに今さら戻ってきて、またそばにいてほしいとか勝手だなって思ったよ」
「…………」
「けど、唯乃は昔から性格に難があるやつだったから。俺がそばにいないとダメになると思った。だからあの時、ももを手放した。ほんと今さら言い訳しても遅いけど」
「っ……」
「けど、そのあとすごい後悔した。あの時ももを手放さなかったら、今でも、ももは俺のそばにいたのに」
　そんなこと今さら言わないで……っ。
　涙が頬を伝って、鼻がツンッと痛む。
「自分がこんなにも誰かを欲しいって思ったのは、ももだけだから」
　どうして、もっと早く……それを伝えてくれなかったのっ?
「自分勝手だってわかってるけど、今どうしても、ももが

欲しくてたまんない」
　そう言いながら顔を近づけてきて、唇が触れそうになるところで、ピタッと動きが止まる。
「抵抗しないんだ？」
「っ……」
　できるわけ……ない。
　心の片隅(かたすみ)に置いていたはずの、天ヶ瀬くんへの気持ちがあふれてくる。
「……もものこと、俺のものにしていい？」
　ずるい……そんな聞き方をされたら、ノーと言えるわけがない。
　何も言わず、お互い自然と近づき、2人の影が重なった。
　唇が触れた瞬間、目の前の天ヶ瀬くんに夢中になって、手放したくないと思ってしまう。
「はぁ……っ」
「息続かない？」
　長い間、塞がれていて、息をするタイミングを逃してしまい、離れた今、酸素を一気に取り込む。
「キ、キス……長いよ……っ」
　必死なわたしとは正反対で、まだ足りなそうな顔をしている天ヶ瀬くん。
「久しぶりにしたら、止まんなくなった」
　再び顔を近づけられて、今度は抵抗して、天ヶ瀬くんの胸を押し返した。
「何？　ダメなの？」

「だ、だって……愁桃のこと、けじめつけられてない……」
　天ヶ瀬くんの気持ちを聞けたのは嬉しいけれど、愁桃のことを考えると、きちんとしなくちゃいけないって思う。
　今さらかもしれないけれど……。
「別に付き合ってないんでしょ？」
「でも……散々傷つけちゃったから……。今の気持ちをきちんと伝えたいの」
「あー……なんかムカつくね。ももにそんなふうに大切に想われてるとか」
「幼なじみとして、いつもわたしのことすごく大切にしてくれて、つらい時にそばにいてくれたから……」
「へー。じゃあ、俺と幼なじみどっちが好き？」
「い、いや……、どっちが好きとか」
「ももの気持ち聞いてないんだけど。答えなきゃ無理やりにでも口塞ぐよ？」
「っ、何それ……」
　強引なところは、変わっていない。
　きっと、このまま答えを曖昧にしたら、それこそ何をしてくるかわからない。
「ねー、答えてよ」
「っ……」
「それとも無理やりされたい？」
「なっ、そんなわけな──」
　まだ、わたしが喋っている途中だっていうのに、無理やり塞がれてしまった。

「待……って……」
「聞こえない」
　嘘つき……聞こえてるくせに。
　こうなってしまったら、わたしが好きと言うまで離してはくれない。
　息が苦しくて、天ヶ瀬くんのシャツを握りながら、限界のサインを送る。
「……っき……」
「ん？」
　まさか自分がこんな状態で告白することになるなんて。
「……好……っん」
「何、聞こえない」
　わざとだ……っ。
　言わせないように、唇を塞いでくる。
「……好……きっ……」
　やっと言えたけど、正直うまく伝えられたかわからない。
　でも、どうやら満足してくれたみたいで。
「キスされながら好きって言われんの、すげーいいかも」
　そう言いながら、わたしを抱きしめて離さなかった。

自分勝手な選択。

「ちょ、ちょっと天ヶ瀬くん。ほんとに今から愁桃に会いに行くの？」

あれから数時間が経って、わたしを家に送ってくれると言ってくれたのはいいんだけど。

なんと、そのまま愁桃に話をしたいと言いだした天ヶ瀬くん。

「けじめつけるんでしょ？ んで、今すぐ俺のものになってよ」

「で、でも……っ」

いきなりすぎる展開に心の準備ってやつが……っ。

「あいつがもものこと諦めて、幼なじみに戻ってくれないと、もものこと独占できないのが嫌なんだよ」

急にこんなストレートに言って、おまけに独占欲まで出してくるなんて、前の天ヶ瀬くんじゃ考えられない。

まるで人が変わったんじゃないかと思ってしまう。

手を繋いだまま離してくれず、わたしの家まで向かった。

本来なら、愁桃の家に行くはずだったんだけど。

「やっと帰ってきたか。連絡取れねーし、家に帰ってきてねーし、心配しただろーが」

わたしの家の前に……いるはずのない愁桃の姿があって驚いた。

壁にもたれかかっていて、いったいどれほどの時間、こ

こで待っていてくれたのだろう。
「ご、ごめんなさい……っ」
　まさか、ずっとここで待っていてくれた……？
　そう思うと、さらに罪悪感が増してきて、申し訳ない気持ちでいっぱいになる。
　正直、今こうして天ヶ瀬くんと並んでいる姿を見るのは、愁桃にとっては残酷で、つらいことなのに……。
　だから、思わず繋いでいた手を離そうとしてしまった。
　だけど、天ヶ瀬くんはギュッと強く握ってきて離してくれない。
　そんなわたしたちを見て、愁桃が悲しく笑った……。
「……やっぱ俺じゃダメだったんだな」
　静かな空間に弱い声を拾った。
　ははっと、無理をして笑いながら上を見る姿に、胸が痛んだ。
　きっと、こうなることは予想できていた。
　愁桃の優しさに甘えて、いつまでも、はっきりした気持ちを伝えられなかったわたしが招いた、最悪の結末。
　ぜんぶ……悪いのはわたしだ。
「もも。悪いのはお前じゃないから」
「なに言ってるの……っ、ぜんぶわたしが悪い……」
「それは違う。俺お前に言っただろ？　諦められないなら俺を利用すればいいって。ももが弱ってる時につけこむとか卑怯だよな」
「ち、違う……っ、愁桃はわたしのことを想って……」

「俺はお前が考えてるほどいいやつじゃねーよ」
「え……？」
「天ヶ瀬と付き合いだして、いつか天ヶ瀬とうまくいかなくなって、俺に泣きついて、すがればいいって思ってた最低なやつだから」
「っ……」
「どんなかたちでも、お前が手に入ればいいと思ってたけど……。気持ちがないと意味ねーよな」

　……もう、愁桃が言いたいことがわかってしまう。

　ほんとは愁桃の口から言わせちゃいけないことなのに。

「俺は、ももが幸せならそれでいいから。それができるのは悔しいけど天ヶ瀬しかいねーんじゃねーの？」
「ご、ごめん……なさい……」
「謝んなよ。別になんも悪いことしてねーじゃん。自分の気持ちに素直になることが一番大切だろ？　それに、振られるより謝られるほうが傷つくんだよ」
「でも……愁桃のことたくさん傷つけちゃって……」
「お前なぁ、俺がいいって言ってんだから。あ、もしかして俺と離れたくないから、そんなこと言ってんのか？」

　すると、わたしがいるほうに近づいてきて、髪をわしゃわしゃとしてきた。

「え、ちょっ……！」
「お前はお前らしく笑ってればいいんだよ」

　愁桃の顔を見ると、さっきの悲しい笑顔はどこかへいって、ニカッと笑っていた。

「今、お前がそばにいたいと思うのは俺じゃないだろ？」
　そう言うと、ずっと黙ってわたしの横にいる天ヶ瀬くんを見た。
「ほんとはすげー悔しいけどな。こんなやつにももを奪われたのかって思うと」
　こ、こんなやつって……。
　本人に向かってそんな言い方するのはどうかと……。
「……もも、俺って"こんなやつ"なの？」
　天ヶ瀬くんが、わたしのほうをジーッと見て、自分のことを指さしながら聞いてくる。
「う、うーん……わたしに聞かれても」
「バーカ、お前女にだらしないだろーが。そんなやつに大切な幼なじみを任せられるか不安なんだよ」
　あぁ、たしかに。
　それは言えてるかもしれない。
　しかも、好きっぽいことは言われたけど、付き合ってとは、はっきり言われていないことに今さら気がついた。
　あれ……？　わたしって天ヶ瀬くんの彼女なの？
　まさか、あの好きって別に大した意味はないとか……!?
　え、でもあのキスは……!?
　１人でいろいろ考えて、不安になっていると。
「あー、それなら心配いらない。今は、ももしか欲しくないから」
　こうも、さらっと心臓に悪いことを言われると、身がもたない。

でも、それって今だけで、これから先はどうなるの？
　わたしに飽きたら、すぐ他の女の子のところに行っちゃうんじゃないの？
　……天ヶ瀬くんのことだ、ありえそう。
「はぁ？　ほんとかよ、信用ならねーな。"今は"とか。これから先はどうなんだよ？」
　そうだそうだ……！　よくぞ聞いてくれた愁桃……！
　これから先はどうなんですか、天ヶ瀬くん……！
「……さあ？　これから先なんて俺にもわかんないし」
　ガ、ガーン……！
　それはだいぶショックな返しだ……。
「けど、もも以外ありえないと思う。自分が思ってる以上にはまってるみたいだから」
　フッと笑いながら、まるでこれで満足した？みたいな顔をしてわたしを見てくる。
「はぁ……ほんとにこんなやつでいいのかよ、もも」
　呆れて頭を抱えてしまった愁桃。
　おまけに「もう泣いても助けてやんねーからな」とまで言われてしまった。
「まあ、お前が天ヶ瀬のこと好きなのは誰よりも知ってたから。ほんと相手がこいつなのが気に入らねーけど……」
　最後にしっかり、わたしの瞳を見ながら。
「幸せになれよ、もも」
「っ……」
　あぁ……もう……っ。

こんなバカで最低なわたしのことを、最後まで考えて伝えてくれた言葉に涙が出る。
「泣くなよ、顔がブスになるぞ」
「なっ……！」
「俺はこれからも幼なじみとしてお前のそばにいるから」
　きっと、無理をさせているのに……。
「だから気まずそうにすんなよ？　俺も幼なじみに戻れるように頑張るから」
「っ……う、ん……」
「んじゃ、あとはお前ら２人でやってれば？　邪魔者はさっさと退散するわ」
「あ、あの……愁桃……！」
「ん？」
「こ、こんなわたしを好きになってくれて、いつもそばにいてくれてありがとう……っ！　こ、これからもずっと愁桃はわたしにとって大切な人だから……！」
　うまく言えないけれど、とりあえず今のわたしが伝えたいことを伝えた。
「そんなこと言ったら、天ヶ瀬が妬くんじゃねーの？」
「え？」
「隣見てみろよ。すげー仏頂面してんぞ？」
　う、うわ……。ほんとだ。
　天ヶ瀬くんのほうを見てみると、愁桃の言うとおり、すごい仏頂面をしている。
　さっきからずっと黙っていると思ったら、まさかそんな

顔をしていたなんて。
　こうして愁桃がわたしたちの前から去っていって、天ヶ瀬くんと2人になった。
「あ、あのー……天ヶ瀬くん？」
「……何」
「ご機嫌が悪そうですよね」
「うん、そーだね。もものせいで」
「いや、あの、愁桃のことは幼なじみとしてほんとに大切で……。でも！　天ヶ瀬くんのことは……」
「俺のことは？」
　はっ……！　ちょっと待った。
　好きとは言ったけど、付き合ってとは言ってないよね？　なんて言われたらどうしよう……！
　いや、だったらあのキスは？　好きじゃなくてもできちゃうとか？
　うーん……。ますます悩む。
「ってかさ、ももって自覚あんの？」
「へ……、なんの自覚でしょーか？」
「俺の彼女になったって自覚」
「っ!!　今、彼女って！」
「うん。だって、ももは俺の彼女でしょ？」
「ほ、ほんと？」
「いや、好きって言ったじゃん」
「だって、ちゃんと付き合ってって言われてないもん……」
「付き合ってない子に好きとか言わないし、キスもしない

んだけど」
　いやいや、前まで付き合っていた子の顔すら覚えていなかった人が、何を言いますか。
「ほ、ほんとにわたしだけ……？」
「なんでそんな疑ってんの？」
「だって、天ヶ瀬くんって女の子に興味ないじゃん」
「そりゃないけど。ももには興味ある」
「っ！」
　さっきからストレートに、わたしの心臓を射抜くことばかり言ってくる。
「どーしたら信じる？」
「……ギュッてして、好きって言ってくれたら信じられるかな……っ」
　こんなこと言って、面倒がられると思ったのに。
　フッと笑いながら、わたしを簡単に抱きしめて。
「……好きだよ、もも」
　耳元で、甘くささやかれて……このまま、平和に幕を閉じるかと思っていた。
　が、しかし！
　天ヶ瀬くんが、ふとあることを思い出したようで。
「……あー、そーいえば、ももあいつとキスしてたよね」
「へ……へ!?」
　思わず、抱きしめられていた腕の中で、変な声を上げてしまった。
　なんで今、思い出すかなぁ……！

「はぁ……すげームカつく」
「うっ、苦しい苦しい!!」
　ギューッとわたしを潰す勢いで抱きしめてくる。
「今すぐ消毒したいからキスさせて」
「は、い……？　いや、ここ外だよ!?」
　仮にもわたしの家の前なんですけど!!
「カンケーない。したいからする」
「えぇ!?　ダメだってば!!　落ち着いて！」
　抱きしめる力を緩めて、顔を近づけてくるから、阻止するのに必死。
「それに、キスならさっきいっぱいしたでしょ！」
「消毒がまだ足りない」
「えぇ!?」
　抵抗むなしく、チュッとリップ音が鳴って、軽く唇が触れた。
「っ!!　こ、ここ外なのに……!!　誰かに見られたら……」
　あわてて、周りをキョロキョロ見渡す。
　そんなわたしにお構いなしの天ヶ瀬くんは。
「今日のところはこれで我慢してあげる。これから、こんなもんじゃすまないから、覚悟しときなよ？」
　イジワルそうな笑みに、わたしは一生敵いそうにない。

Chapter.5

好きだったんだよ、天ヶ瀬くん。

　天ヶ瀬くんと付き合い始めてから、1週間くらいが過ぎようとしていた。

　今はお昼休み。お昼を食べ終えて、天ヶ瀬くんと2人、屋上でまったり過ごしている。

　お昼休みだっていうのに、屋上にはわたしたち以外誰もいない。

　もう10月に入って、時折、冷たい風が吹くようになったせいか、教室でお昼を過ごす人が増えた。

　2人で壁にもたれかかって、横に並んで座る。

　天ヶ瀬くんは眠いのか、ふわっとあくびをして、わたしの肩にコツンと頭を乗せてきた。

「眠いの？」

「……うん、眠いし寒い」

　そう言いながら、わたしの手をギュッと握ってきた。

　ほんとなら、わたしが天ヶ瀬くんの肩にコツンってしたかったのになぁ。

　なんて、どうでもいいことを考えていたら、さっきまで眠そうにしていた天ヶ瀬くんが、ふと思いついたようにわたしに聞いてきた。

「……ももってさ、いつから俺のこと好きだったの？」

「え……。い、いきなりどうしたの？」

「ふつーに気になった。だって俺のこと好きにならない自

信あるとか言ってたじゃん」
　それはそうだけども……！
　できればそのあたりは触れないでほしかった。
　だって、付き合うずっと前から好きだったんだから。
「そ、そういう天ヶ瀬くんだって……いつわたしのこと好きになったの？」
「気づいたら好きになってたってやつ。まあ、結構前から気になってはいたけど」
「え、え!?　それどういうこと!?　結構前っていつから!?」
「興奮しすぎ。落ち着きなよ」
「だ、だって!!」
「まあ、その話はいったん忘れなよ」
「えぇ、そんなこと言われたら、気になって夜も眠れないよ！」
「んじゃ、ももは一生眠れないね」
「そ、そんなぁ……」
　結局、あやふやにされてしまった。
「けど、自分のものにしたいって、独占したいって思ったのはほんとだから」
「っ！」
「それとピュアなところが好き」
「ピュア……？」
「そー。だって俺が可愛いとか、キスしたいとか言ったらすぐ顔赤くすんじゃん」
「そ、それは……！　言われ慣れてないんだもん……」

それに、好きな人から可愛いとか、キスしたいとか言われたら顔赤くなるに決まってるでしょ……！
「もっと慣れてるのかと思ってたけど」
「な、慣れてるほうがよかった……っ？」
　自分で聞いて失敗したかもしれない。
　天ヶ瀬くんはきっと、女の子と手を繋ぐとか、キスをするなんて簡単なことで。
　それに対して、わたしはぜんぶ天ヶ瀬くんが初めてで、慣れていない。
　もし、慣れてないの無理とか言われたら、どうしようって不安になった。
「……どーだろ？」
「こ、答えてよ……っ」
「慣れてるほうがいいって言ったら？」
「な、慣れるように頑張る……！」
「ふっ、ももには無理でしょ」
　クッ……鼻で笑われた……！
「が、頑張るもん……！」
「じゃあ、慣れるために頑張ってみてよ」
「へ……？」
　さっきまでわたしの肩に頭を乗せていたのに、気づいたら、元に戻っていた。
「こっち向いて、もも」
　言われたとおり、天ヶ瀬くんのほうに身体を向けると、天ヶ瀬くんもわたしのほうに身体を向けて、お互い向き

合った。
　少し顔を上げると、天ヶ瀬くんの整った綺麗な顔が見えて、思わず目をそらす。
「ダメじゃん。慣れるために頑張るんじゃないの？」
　こんな整った顔に見つめられるこっちの身にもなってよバカ……!!
「む、無理っ……だよ！」
「ダーメ、そんなの俺が許さない」
　顎を簡単にクイッと上げられて、逃がしてくれない。
　目が合うと、ぶわっと顔が熱くなる。
　耐えられなくなって、口をパクパクしていると。
「……何、キスしてほしい？」
　必死になっているわたしを見て楽しそうにしながら、迫ってくる。
　首をブンブン横に振っていると。
　さらにイジワルな天ヶ瀬くんは。
「じゃあ、慣れる練習。ももからキスしてよ」
「は、は……い？」
　ちょ、ちょっとこの人、なに言ってるのかな!?
「はい、どーぞ」
　い、いや！　どうぞって言われて、すぐにできるものじゃなくない!?
「む、無理だよ……っ！　なに言ってるの天ヶ瀬くん！」
「なに言ってるのって、日本語喋ってるけど」
「そ、そういう問題じゃなくて！」

お願いだから、誰かこの暴走している天ヶ瀬くんを止めてください。
「んじゃ、どーゆー問題？」
「い、いや……だから、わたしからキスとかできないです」
「慣れるために頑張るんじゃないんだ？」
「そ、それは……」
「俺、慣れてるほうが好きなんだけど」
「うっ……」
　天ヶ瀬くんって、こんなイジワルな人だった……？
　わたしの反応を見るのが、楽しくて仕方ないって顔をしている。
「ほーら、早くしてよ」
「や、だから……」
　あたふたするわたしを、さらに追い込むように顔を近づけてきた。
「焦らすの好きなの？」
「そ、そういうことじゃなくて！」
　なんでそういう発想に持っていっちゃうの……！
「焦らすならもっとうまく焦らしてよ」
「ぅ……そんなつもりじゃないもん」
　もう、どうしたらいいかわからなくて、恥ずかしくて顔は赤くなるし、自然と瞳が潤んでしまう。
　もう、無理っ……！って天ヶ瀬くんを見つめたら。
「あー……その顔はずるいね」
　ついに天ヶ瀬くんの限界がきたのか、軽くチュッと触れ

るキスをされた。
　今のたった1回のキスで、わたしの頭の中はいっぱいいっぱい。
　そんなわたしを見て、片方の口角を上げて、ニヤッと笑いながら。
「これくらい頑張ってよ。これからもっとすごいのしたいのに」
「っ!?」
「まあ、やっぱ慣れてるももより、そーやって可愛い反応してくれるほうが、そそられるから好き」
　こ、この人のそばにいたら、心臓がいくつあっても足りないよ。
　お願いだから、これ以上ドキドキさせないでほしい。
「イジワル……!」
「そーやってされるの好きなくせに?」
「なっ、そんなことないもん……!」
　どうやったら天ヶ瀬くんの上に行けるか考えても、いつも、わたしの上を行く天ヶ瀬くんには勝てっこない。
「んで、ももはいつから俺のこと好きだったの?」
　結局、話を戻されてしまった。
　答えなかったら今度こそ何をされるかわからない。
「は、話しても笑わない?」
「よほど変なことでなければ」
　たぶん笑われるような気がする。
　というか、天ヶ瀬くんはわたしと入学前に会ったことす

ら覚えていないんだろうなって思いながら、出会った時のことを話した。

　まだ中学生だったわたしが、この高校の受験日にバスで助けてもらったこと。

　その時からたぶん、少しだけど天ヶ瀬くんのことを好きになっていたこと。

　無事合格できて、天ヶ瀬くんを探したことも伝えた。

　全て話し終えると。

「へー。覚えてたんだ」

「お、覚えてるよ……！　あの時は助けてくれて、学校まで連れていってくれてありがとう」

　すごい今さらだけど、せっかく打ち明けることができたから、お礼は言ったほうがいいのかなと。

　あれ、でも待って。

　今の反応だと、天ヶ瀬くんも、このこと覚えてくれていたのかな？

「たぶん天ヶ瀬くんが助けてくれなかったら、ここの高校受けられてなくて。あと、天ヶ瀬くんが理由をちゃんと先生に話してくれたから、後日試験も無事に受けられたの」

「へー、そう。んじゃ、ももはそんな前から俺のこと好きだったんだ？」

「っ、そ、そうなります……ね」

「俺のこと好きにならない自信あるんじゃなかったっけ？」

「それはぜひ忘れてください……」

　だって仕方ないじゃん。

使いたくない手段だったけど、強がって、勢いで言ってしまったことなんだもん。
　すると、天ヶ瀬くんが突然、ははっと笑いだした。
　え？　今ので笑うところあったかな!?
　そしてボソッと「まあ、俺も人のこと言えないか」と言いながら、衝撃の事実を知ることになる。
「ほんとは２年で同じクラスになった時、ももがあのバスで倒れた子だって気づいてたよ」
「え……えぇ!?」
「あの時の面影があったからわかった」
　この人いきなり笑いだしたり、とんでもない爆弾落としてきたり、頭が追いつかないんですけど！
「バスでの出来事は今でもちゃんと覚えてるよ」
「う、嘘……っ」
　わたしだけが一方的に覚えていて、天ヶ瀬くんは忘れてしまったかと思っていた。
「２年になって、ももの存在に気づいてから、なんとなく気になってた」
「えぇ……じゃあ、どうして声かけてくれなかったの？」
「それは、ももだって同じじゃん。俺になんも言ってこなかったし」
「うっ……それはそうだけど」
　だって天ヶ瀬くんの性格上、自分に関係ない過去のこととか、すぐ忘れるじゃん。
　だから、そんな前の出来事なんて覚えていないと思った

んだもん。
「なんか、ももって想像してた感じと違うんだよね」
「え、それはいい意味でしょーか？」
「さあ、どーだろ？　2人で放課後教室に残る時まで、もものこと、どんな子か全然知らなかったからさ。だから興味があったんだよね」
「あ、だから放課後一緒に残ってくれたの？」
「そーだね」
　なるほど。どうりでおかしいと思ったんだ。
　面倒くさがりの天ヶ瀬くんが、一緒に残って作業してくれるなんて。
「俺とそんな話したことないくせに、俺のこと意外と見てたり、そのくせ触れようとして近づくと嫌がるし。変わった子だなって思ったよ」
　そりゃ好きだったから見てたし、かといって、わたしのこと好きでもないのに、触れられるのは嫌だったから。
「もっとおとなしいと思ってたらけっこー言いたいことはっきり言うし。しかもあんな堂々と好きにならないって言われたの初めてだったし」
　さらに天ヶ瀬くんは。
「男に慣れてるから強気で言ってんのかと思ったら、全然慣れてないし。よくわかんない子だって思って、逆に興味わいた」
「なんか複雑デスネ……」
　それって結果的によかったのかな？

天ヶ瀬くんと2人で残ったあの日。
　よくよく考えてみたら、あんなことがよく言えたなぁと思う。
　今の自分だったら、絶対言えないと思うもん。
「まあ、どんなももでも俺は好きだけどね」
　いつか、この涼しそうな顔を崩してやりたいと思うけど。
　たぶん、わたしがどれだけ頑張っても無理なんだろうなって思った。

天ヶ瀬くんには敵いません。

　その日、大変な事件が起こった。
　わたし浅葉ももに、ラブレターが送られてきたのだ。
　朝、普通に登校してきたら、机の中に1通の手紙らしきものを発見。
『放課後、伝えたいことがあるので、校舎裏で待ってます』
　差出人不明……。
　でもこれって、たぶんドラマとかでよく見るラブレターというやつでは……!?
　と思い、それを花音に見せて、相談してみた。
「えー、怪しすぎ。しかも校舎裏に呼び出しって、怪しさ満載じゃない。せめてどこの誰かくらい名前書いといてくれないとね」
「怪しいかなぁ……?」
「うん、こんなの信じないほうがいいって。だからわざわざ行くことないんじゃない?　ももには天ヶ瀬くんがいるわけだし」
　そういえば、天ヶ瀬くんとちゃんと気持ちが通じ合って、また付き合うことになったのは、花音には報告済み。
　まあ、まだ天ヶ瀬くんのことを信じていない花音は、『なんかあったらすぐわたしに言ってよ?　懲らしめてやるから』と、なかなか怖いことを言っていた。
　愁桃のことや唯乃さんのことも全て話して、話し終えた

頃には、わたしは大泣きしていた。

　花音もそれにつられて泣いちゃって。

　1人でいろいろ抱え込んでいたから、花音に聞いてもらってよかったと思った。

　花音は、『なんで1人で抱え込むのよ、バカ！　少しは相談してくれてもよかったのに』と、不満そうにしていた。

　そして、『これからはちゃんと相談してよ？　愚痴でも惚気でもなんでも聞くから』と、言ってくれた。

「でもなぁ……。やっぱり、ちゃんと行ったほうがいい気がする！」

「はぁ……だったら一度天ヶ瀬くんに相談したら？　何かあったら助けてもらえるように」

　——というわけで、放課後。

「天ヶ瀬くん、ちょっとお話が」

　座っている自分の席から、くるっと身体を後ろに回転させて、机に突っ伏して眠っている天ヶ瀬くんに話しかける。

「……何、俺寝てんのに」

「起きてお話を聞いてほしいのですが」

「起きてるからそのまま要件だけ言いなよ」

　もう……。少し顔上げてくれればいいのに。

　仕方ない、このまま話すか。

「あの、ラブレターをもらいまして」

「……誰が？」

「わたしが」

「……は？」
　あ、顔上げてくれた。
　だけど眉をひそめて、なに言ってんの？って顔でこちらを見ている。
　そんな天ヶ瀬くんにラブレターを見せると。
「怪し……。誰かがからかってんだよ。しかもこんなのラブレターって言わないし」
「ええ、でも、こっそり机の中に入れられてたんだもん」
「こんなの信じるとかバカすぎ」
　呆れて、また顔を伏せてしまった。
「も、もしかしたら告白されるかもしれないじゃん……！」
「何、告白されたいわけ？」
「いや、そういうわけじゃ……」
「俺がいるのに？」
　そ、そりゃわたしには天ヶ瀬くんがいるけども……！
「それとも俺じゃ満足できない？」
「い、いや！　充分満足です」
「んじゃ、行っちゃダメでしょ？　ももは俺のだって、ちゃんと自覚してるの？」
　でも……もしかしたらわたしが行かなかったら、相手の人はずっと待っているかもしれない。
　それだったら申し訳ないし、断るだけでも行ったほうがいいんじゃないかなって思う。
「や、やっぱりちゃんと行ってくる！」
「は……？」

「断るだけだから！　待たせちゃうの悪いし！」
　わたしが教室を出ていこうとしたら、
「……ほんとバカ。なんかあっても知らないよ。助けてあげないから」
　そうひと言、天ヶ瀬くんから告げられた。
　いいもん、天ヶ瀬くんに助けられることなんかないもん。
　断りに行くだけだし。
　そのまま1人で校舎裏に向かった。
　校舎裏とかあんまり……いや、全然来たことがないからびっくりした。
　薄暗いし、人通りがまったくない。
　ちょっと不安になってきた。
　念のため、何かあったときのために、スマホはちゃんとスカートのポケットに忍ばせてある。
　校舎裏に着くと、まだ誰もいなかった。
　わたしが来るの早かったのかな？　少し待って、誰も来なかったら、教室に戻ろうと決めた時。
　背後に人の気配を感じた。
　パッと後ろを振り向こうとしたけど、そんな隙はなくて、身体を壁に押さえつけられた。
「へー、ほんとに来たんだ？」
　その低い声に反応して顔を上げると、大柄な1人の男の人がニヤッと笑いながら、こちらを見ていた。
　両耳にたくさんついているピアス。
　校則をまったく守っていない金髪に、だいぶ着崩した制

服のネクタイの色から、先輩だということがわかった。
　わたしが抵抗できないようにグッと両手首をつかむ。
「まさかあんな手紙で来るなんてね。キミって、噂どおり軽いんだねー」
　この時、自分がバカだったと後悔した。
　あれだけ花音や天ヶ瀬くんに怪しいって言われたのに。
　疑いもせずに、こうやって来てしまって、いくらバカなわたしでも、これが危険な状況ってことはわかる。
「キミさー、結構噂になってるよ。彼氏と別れたらすぐ次作ってるらしいじゃん？」
　違うって否定したいのに、この状況に恐怖を感じて、声が出ない。
「誰でもいいなら、俺の相手もしてくれない？」
　わたしの両手首を押さえるほうとは反対の手で、脚を撫でられた。
「や、や……だ……っ」
「へー、けっこー可愛い声じゃん」
　き、気持ち悪い……っ。
　撫でられるたびに、身体がゾクッと震える。
　逃げたいのに、力じゃ敵わない。声を出そうにも、恐怖で出ない。
　もし出たとしても、こんな人通りが少なかったら、誰も助けには来てくれないだろう。
「別に声我慢しなくていいよ？　ここ誰も来ねーから。けど、その様子だと怯(おび)えて声も出ねーんだろうけど」

「っ、めて……ください……」

　脚がガクガク震えて、声も震える。身体の熱が、どんどんなくなっていく。

「やめてって言いたいんだ？　けど、残念。やめるわけねーじゃん。それに、ここに来たってことは、そっちもそういう気があるってことじゃねーの？」

「ち、違っ……」

　否定している間にもリボンが外されて、ブラウスのボタンに手をかけられた。

　せっかく持ってきていたスマホも、両手をつかまれているから意味がない。

「さーて、じゃあこれから楽しませてもらおうかな」

　首筋に顔を埋められて、もうダメだって身体に力を入れて、ギュッと目をつぶった時だった。

「あのさー、人の彼女に何しよーとしてんの？」

　声が聞こえて、閉じた目を恐る恐る開けると……。

「あ……まがせ……くん……っ」

　そこには、絶対助けに来てくれないと思っていた天ヶ瀬くんがいた。

　安心して、我慢していた涙があふれてきた。

　さっき何かあっても助けないって言っていたのに……。

「……聞いてんの？　早く離してくれない？」

「後輩のくせに生意気じゃねーか」

　ど、どうしよう……。

　まさかケンカになったりとか、しないよね……？

「人の彼女に手出そうとしてる飢えてるやつを、先輩だとは思えないですけど」
　一瞬つかまれる力が弱まったので、その隙をついて、天ヶ瀬くんの胸に飛び込んだ。
　ギュッと抱きしめてくれて、優しい温もりに包まれた。だけど身体の震えは止まらない。
　そんなわたしを安心させるために、さらに強く抱きしめてくれる。
「今回は見逃しますけど、次この子になんかしたら、ただじゃおかないんで」
　そう言うと、わたしを抱き上げて、その場を去った。
　わたしを抱っこしたまま、無言で歩く天ヶ瀬くん。
　そして連れてこられた場所は保健室。
　先生はいなくて、何も言わず保健室の中に入って、鍵を閉めた。
　ベッドがあるほうへ足を進めて、薄いカーテンを閉めた。密室を作られて、わたしをベッドの上におろすと、その隣に天ヶ瀬くんが座った。
　そして。
「バーカ」
「い、痛っ……」
　おでこに軽くデコピンをくらった。
「俺、危ないって言ったよね？」
「危ないとは言ってない……もん。怪しいとは言ってたかもしれないけど」

「はぁ……怪しいイコール危ないってこと、わかんないわけ？」
「だ、だって、ほんとに何も疑ってなくて……っ。ちゃんと断らないとダメだと思って……っ」
　さっきまで怖い思いをしていたのに、そんなに怒らなくてもいいじゃん……。
　悪いのはわたしだけど。
「それで、まさかあんな人が来るなんて思ってなくて、怖かった……んだもん……っ」
　こんなこと言ったら、バカみたいって思われて、もう知らない勝手にすれば？って、ここから出ていかれてしまうかもしれない。
　なんて思っていたら。
「あー……ほんとさ、もう少し人のこと疑いなよ。男はとくに危ないんだから。この先心配しかないんだけど」
　頭をポンポンと撫でられて、さっき止まった涙が、また瞳をいっぱいにする。
　そんなわたしの涙を、指で優しく拭ってくれる。
「……ったく、ほんと手かかるよね」
「ぅ……ごめんなさ――」
　わたしが喋っている途中だっていうのに、それを遮って。
「……あいつに何された？」
「へ……？　な、何されたって？」
　すると、ムスッとした顔をしながら。
「あいつにどこ触られた？」

「っ……、い、言えない……デス」

　そ、そんなの恥ずかしくて言えるわけない……！

「はぁ？　言えないところ触られたわけ？」

　わたしの反応が気に入らないのか、身体をベッドに押し倒してきて、覆い被さってきた。

「言わなきゃ、ぜんぶ触るけど」

「そ、それはダメ……です」

　止めようとしても、止まってくれるわけもなく。

「ってか、制服はだけてるし。俺が来なかったら確実に襲われてんじゃん」

　はぁ、とため息をつきながら、ブラウスのボタンを直してくれるのかと思えば。

「ちょ、ちょっと待って！　なんでボタン外してるの！」

　さらに外そうとしてくるではありませんか。

「どーせだったら、もものぜんぶ見よーかと思って」

「い、いや、意味わかんないよ……！」

　ジタバタ抵抗すると、そんなことしても無駄と言わんばかりの顔で。

「抵抗したら縛るよ？」

「なっ……！」

　自分のネクタイに指をかけて、そんなことを言ってくるんだから。

　片方の口角を上げて、イジワルそうに笑う表情に、ドキッとしてしまった。

「ほーら、あいつにどこ触られたの？」

これは言わないと、何をされるのかわからない。
　けど、自分で言うのはやっぱり恥ずかしい……！
「ねー、早く言って」
「触られたって言っても、脚を少し触られただけで……っ」
「あとは？」
「く、首……少しだけ、嚙まれた」
　わたしが隠さず言うと、今日一番大きなため息が上から降ってきた。
「ほんとさー、ももってなんでそんなバカなわけ？」
「え、いや……バカってわけじゃ」
「バーカ、ほんとバカ。ありえない、なんで俺以外の男に触られてんの」
　ムッとした顔が見えたと思ったら、首筋に顔を埋めて、甘く嚙んできた。
　比べちゃいけないって、わかってはいるけど。
　天ヶ瀬くんに触れられると、身体が熱くなって、ドキドキする。
　さっきは触れられるたびに怖くて、身体の熱がなくなっていたのに。
　こんなにも違うんだ……。
「い、痛いよ、天ヶ瀬くん……っ」
「なに言ってんの？　まだ足りないし」
　たぶん……いや、絶対。
　天ヶ瀬くんは独占欲ってやつが強いと思う。
　気づいたら首筋から、かなり際どいところまでたくさん

キスを落とされた。
「もう……ダメだってば」
　わたしが止めても、なかなか止まってくれない。
「俺が満足するまで離さないから」
　結局、天ヶ瀬くんの気がすむまで、されるがまま。
　見えるところから、見えないところまで。
　わざと隠しきれないところにも、跡をたくさんつけてくるから。
　次の日、わたしは制服のボタンをきっちり一番上まで閉じることになったのは言うまでもない。

天ヶ瀬くんの弱点。

　ある休みの日。
　なんと今日は珍しく、天ヶ瀬くんが外でデートをしてくれると言ってくれて、わたしがずっと行きたかった、ある場所にやってきました。
「ひゃぁ、猫ちゃんだ!!」
「…………」
　わたしたちがやってきた場所は猫カフェ。
　一度でいいから行ってみたかった場所なのだ。
　花音を誘いたかったんだけど、なんと花音は猫アレルギーで、近づくことすらできない。
　かといって１人で行くのもなぁと思っていたので、思いきって天ヶ瀬くんを誘ってみた。
　ほら、天ヶ瀬くんって、気まぐれなところとか猫に似てるから気が合うかもしれないし！
「ほらほら、見て！　天ヶ瀬くん！」
　わたしが猫を抱っこして見せると。
「ももって、そーやってはしゃぐんだ」
　猫と全然関係ないことを言われて、拍子抜けした。
「あんまはしゃがなさそーなイメージだったから」
「いやいや！　この状況ではしゃがないのは天ヶ瀬くんくらいだよ！」
　わたしがこんなに楽しんでいるのに、天ヶ瀬くんは猫に

触ろうともしない。
　せっかくだから一緒に楽しみたいのになぁ。
「ほらほらー、抱っこしないの？」
　猫ちゃんを天ヶ瀬くんに近づけてみた。
「んー、無理」
「ええ、こんなに可愛いのに」
　そんなあからさまに嫌そうな顔しなくても。
　せっかく猫カフェに来ているのに、猫ちゃんと遊ばないなんて損じゃないか！
　それから天ヶ瀬くんは、イスに座ってコーヒーを飲みながら、ただわたしが猫ちゃんと遊んでいる姿を眺めているだけだった。
　わたしが猫じゃらしを持って猫ちゃんと遊んでいると。
「揺れるものが好きな猫の気持ちはわかる」
　わたしに近づいてきて、突然わけのわからないことを言ってきた。
「え？　いきなりどうしたの？」
　わたしが聞いている質問に答えは返ってこず。
　それどころか、猫カフェに来ているわたしじゃない女の子を見て。
「あーゆーの好き」
　指を差しながら、ジーッとその子を目で追っていた。
　な、なんて人だ……！
　仮にも彼女であるわたしと来ているのに、他の女の子に目移りして、おまけに好きだと……！？

わたしがムスッとして睨むと。
「あー、好きって言ったのは、あの子の格好のこと」
「か、格好？」
「そー。あのフリフリしたワンピースに、巻き髪のポニーテールとか好き」
　た、たしかに、女の子は天ヶ瀬くんが言うとおりの格好と髪型をしていた。
「あ、天ヶ瀬くんはあんな感じの子が好き……なの？」
「うん、好き。ってか、男はあーゆーのドストライクで好きだと思う」
「ど、どうして？」
「男は揺れるものと、フリフリしたやつに弱いんだよ」
「な、何それ」
　それって天ヶ瀬くんだけじゃないの？
「ポニーテールって首筋が見えるから好きなんだよね。噛みたくなる」
「んん？」
　ちょっと、いきなりなに言ってるのかな？
「とくに、ももみたいに色が白いと、噛んで跡残したくなるんだよね、わかる？」
「……ワカリマセン」
　この人さっきから、猫カフェでなに言っちゃってるんだろう？
「あとさー、あのフリフリしたやつ。ちょー好き」
　天ヶ瀬くんが好きと言う格好をしている女の子のワン

ピースは、襟元とスカートの部分がフリフリしているデザイン。
「可愛いのが好きなの？」
「違う。あーゆーの見ると、下がどうなってんのか気になって、脱がせたくなるんだよ」
「そっか……って、はい!?」
　ちょ、ちょっと、わたしでは手に負えない……！
「そーだ。次に会う時、フリフリしたやつ着て、ポニーテールしてきてよ」
「そ、それは……天ヶ瀬くんがオオカミになるということでしょーか？」
　もしかしたら、わたし食べられちゃうかもしれない。
「さあ？　どーだろ。なってほしいならなってあげよーか？」
「え、遠慮しておきます」
　こうして天ヶ瀬くんは結局猫にはまったく触れず、わたしが猫と遊んでいても近づこうともせず、ひたすら飲み物を飲んで、たまにうとうとしながら時間を過ごしていた。
　だけど早く帰ろうとかは言ってこなくて、わたしが満足するまで遊ばせてくれた。
　そして、事件は起こった。
　猫カフェを出て歩いていると、天ヶ瀬くんの足取りがふらふらしていた。
「天ヶ瀬くん？　大丈夫？」
　顔色をうかがうと、とてもいいとは言えない。

さっきまで猫に夢中で気づかなかったけど、体調が悪そうなのは顔を見てわかる。
「ん……大丈夫……」
「ほ、ほんとに？」
「じゃない……」
「え、え!?」
　ついに1人で立っているのが、つらくなったのか、わたしにもたれかかってきた。
「だるい……無理」
「ちょ、ちょっと待って！　とりあえずどこかで休もう？」
　ふらふらの天ヶ瀬くんを休ませるために、カフェかどこかに入ろうかと思ったけど、身体を横にできる場所がいいと判断したわたしは、とりあえず近くにあったビジネスホテルに入ることを選んだ。
　空室があったので、なんとか部屋まで天ヶ瀬くんを連れていった。
　部屋は狭くて、1人が泊まるのにちょうどいいくらい。
　入り口からすぐに、大きなベッドが1つあって、そこに天ヶ瀬くんを寝かせる。
「だ、大丈夫？」
「あー……だるい。死にそう」
　ベッドに寝転んで、自分の手をおでこに乗せて、ほんとにだるそうなのがわかる。
「もしかして、朝から調子悪かった？」
　とりあえず、ロビーの自販機で買ったペットボトルのお

水を渡す。
「飲めないから、ももが飲ませて」
「な、なに言ってるの！　これくらい自分で飲んで……！」
　ちょっと強く言いすぎたかなって思ったけど、わたしが飲ますとか無理だし！
　すると、天ヶ瀬くんが連続でくしゃみをし始めた。
　止まらないみたいで、心配になる。
　やっぱり風邪だったのかな？
　無理して連れてきてしまったのなら、申し訳なさすぎる。
「だ、大丈夫？」
「……大丈夫そうに見える？」
「見えません」
　今度は目をこすり始めて、くしゃみもさっきから止まりそうにない。
　あ、あれ……ちょっと待てよ。
　この症状って……。
　まさかとは思うけど。
「天ヶ瀬くん……もしかして猫アレルギーなんじゃ……」
　花音はここまでひどくないけど、似たような症状が出ていたから思い出した。
「そーみたい」
「えぇ!?　それ自覚してたの!?」
「うん。昔から猫はダメ。近づくと、くしゃみと鼻水止まんないし、目もかゆくなる」
　な、なんでそれを今言うの!?　遅いよ、だいぶ遅いよ！

「なんでわかってたのに、猫カフェなんか行こうとするの!?」
「ももが行きたいって言ったから」
「いやいや！　アレルギーあるなら違うところにしたのにっ！」

　まさかこんなことになるなんて。
　しかもバカなわたしは猫に夢中で、天ヶ瀬くんのことを気にしてあげられなかった。
　……彼女として情けなさすぎる。
「いいよ、別に。少ししたら収まるだろーし」
「でも、だるいって。くしゃみ止まってないし、目も赤いし」
　今そばに猫はいないのに、収まっていないのはどうしてなんだろう？
「……いったんシャワー浴びてくる」
「え？」
「猫の毛とかもダメだから」
「え、あっ、そうなの!?」
　というか、よくよく考えたら、わたし猫アレルギーの人に猫を近づけたりしちゃってたじゃん。
　や、やってしまった……。
　とりあえず、天ヶ瀬くんがシャワーを浴びている間、着ていた服についている猫の毛を払う。
　って、ちょっと待った……！
　そうなるとわたしはもっとダメじゃないか……!?
　がっつり猫に触っていたし、抱っこもしていたし。

数十分して、天ヶ瀬くんがシャワーを浴びて出てきた。
「あ、あの天ヶ瀬くん？」
「何？」
「わ、わたしもシャワー浴びたほうがいいかな？」
　そばにいるわたしのせいで、もっと悪化するんではないかと思って提案してみた。
「別にいいよ。服についてる毛払ってくれれば」
　う、うーん……。ほんとにそれで大丈夫なのかな？
　猫アレルギーの知識があんまりないから、やっぱり心配になる。
　結局、わたしも服についている猫の毛を払って、シャワーを浴びることにした。
　まさか、デートに出かけてシャワーを浴びることになるとは……と、思いつつ短い時間ですませてシャワーから戻ると、ベッドにゴロンッと横になっている天ヶ瀬くん。
　寝ているのかな？
　起こさないように、ベッドの端（はし）っこに腰を掛けたら、ギシッと音が鳴った。
　その音でわたしがシャワーから出てきたことに気づいたのか、目をこすりながらこちらを見ていた。
　そして予想外のことを言ってきた。
「……ポニーテール」
「んえ？」
　あ、そういえば、さっきシャワーを浴びた時に髪を１つにまとめるためにポニーテールにしたんだ。

まさか、こんなタイミングで、天ヶ瀬くんの好きなポニーテールをやってしまうとは。
　寝ていた身体を起こして、後ろからわたしを抱きしめてきた。
「ももがポニーテールしてるのって新鮮」
「あ、そうだよね。普段下ろしてばっかりだから」
「俺にオオカミになってほしかったの？」
「うん……んん!?」
　あれ？　ちょっとなに言ってるのかな？
「首筋見えるのっていいよね。このまま噛みつきたくなる」
「ちょ、ちょっと待って！」
　さっきまで調子悪そうにしていた天ヶ瀬くんはどこにいった!?
「んー、無理。我慢できない」
　髪をすくいあげながら、首筋にチュッとキスを落としてきた。
「く、くすぐったいよ……っ」
　後ろからしっかり抱きしめられていて、抵抗できない。
「あー……やばい。歯止めきかなくなりそ」
　そう言うと、抱きしめる力を弱めて、1人で身体を後ろに倒して、ベッドに寝転んだ。
　そして、上半身をゴソゴソ動かして、わたしの膝の上に頭を乗せてきた。
「え、え!?」
「ここで昼寝したい」

これは膝枕ってやつでは!?
　ちょっと、わたしにはレベルが高いような気がするのですが！
「俺ってさ、猫だったらいい子にしてると思うんだよね」
　恥ずかしがって、あわてるわたしを差し置いて、そんなことを言いだす。
「さっきだって、ちゃんと我慢できたし。お利口じゃない？　褒めてよ」
「我慢できてなかったじゃん！　それに、天ヶ瀬くんは猫じゃないもん」
「んじゃ、猫になるから可愛がってよ」
　天ヶ瀬くんが猫かぁ。なんとなく猫っぽい雰囲気あるからいいかも……って違う違う！
「体調は大丈夫なの？」
「……人がせっかく甘えてんのに」
「それとこれとは別でしょ？　大丈夫？」
「……ももが頭撫でてくれたら治るよ」
「もう……ふざけないで」
　って、言いながらも頭を撫でてしまうわたしって、天ヶ瀬くんに甘いと思う。
　サラサラした髪が綺麗だなぁ。今は明るい髪色だけど、中学の時の黒髪の天ヶ瀬くんも好きだったなぁ。
「もう黒髪にはしないの？」
「いつの話してんの？」
「出会った時は黒髪だったじゃん」

「……今はこの色が好きだから戻す予定ないけど」
　まあ、今の髪色も似合っているからいいけど、少しだけ懐かしくなってしまった。
　出会った頃の天ヶ瀬くんが。
「何、昔の俺のほーが好き?」
「ううん。今の天ヶ瀬くんも好きだけど、昔の天ヶ瀬くんもかっこよかったなぁって思って」
「……あんま可愛いこと言うと、今度は我慢しないよ」
「へ?」
　あ、あれ?　思ったことを率直に伝えただけなのに、変なスイッチ入ってないかな?
　腰に腕を回して、抱きつかれてしまった。
「あんま煽んないよーにね」
「わたし何もしてないよ?」
「自覚ないと、いつ襲われても文句言えないから」
　そして、目を閉じて眠ってしまった。
　寝ている姿を見て、自然と笑みがこぼれる。
　それにしても、天ヶ瀬くんにも苦手なものがあったんだなぁ。
　これから、天ヶ瀬くんの弱点ってなんですか?って聞かれたら猫ですって答えちゃおうかな。
　なんちゃって。
　結局、天ヶ瀬くんが起きたのは夕方で、しっかり眠って体調もよくなったみたいで、その日はそのまま帰ることになり、2人で初めてのデートはこれにて無事に終わった。

知りたいんだよ、天ヶ瀬くん。

　秋も終わりに近づいた頃。
　朝のホームルームが終わったあと、いつもと変わらず、自分の席でボーッとしていたら。
「あ、今日の日直は……浅葉さんと天ヶ瀬くんね。日誌取りに来なさいね」
　なんと今日、わたしと天ヶ瀬くんが日直のようです。
　後ろをチラッと見るけど、頬杖をついて、窓の外を見ている天ヶ瀬くん。
　今、先生が言ったこと聞いていたのかな？って、思いながら仕方なく、わたしが教卓まで日誌を取りに行った。
「はい、じゃあ日誌よろしくね。あと、たぶん前の日直の時にも頼んだと思うんだけれど、放課後またプリントのホッチキス留めお願いできるかしら？」
「あ、わかりました。わたしから天ヶ瀬くんにも伝えておきます」
　日誌を受け取って、自分の席に戻る。
　１時間目が始まるまで、まだ時間があるので、後ろを振り向く。
「天ヶ瀬くん」
「……ん、何？」
　窓の外から視線を外して、わたしのほうを向いてくれた。
「今日、わたしたち日直だって」

「……めんどくさ」
　日誌を見せると、嫌そうな顔をされた。
　この反応から、たぶん日誌を書いてと頼んでも、書いてくれないだろうと悟って、日誌はわたしが書くことにした。
「あとね、放課後にまた、プリントをホッチキスで留めるの頼まれた」
「引き受けたわけ？」
「うん、だって頼まれたし」
「……めんどくさい、帰りたい」
「ぇぇ、もう引き受けちゃったよ」
　それに、前に２人で日直で残った時、そんな面倒くさそうにしてなかったじゃん。
「んじゃ、もも１人で頑張ればいーじゃん」
「むっ……！　いいもん。天ヶ瀬くんが手伝ってくれないなら、愁桃に残って手伝ってもら──」
「バーカ、そんなの俺が許さない」
　やっぱり、そう言うと思った。
　今わざと愁桃の名前を出してみた。
　たぶん、わたしと愁桃を２人っきりにさせたくないって思うはずだから。
「じゃあ、天ヶ瀬くんが一緒に残ってよ」
「…………」
　無言で嫌そうな顔をしてくるけど、嫌とは言ってこない。
　作戦成功かな？
「日誌はわたしが書くから。放課後一緒に残ってくれる？」

「……わかった、いいよ」
 渋々了承してくれた。

 こうして迎えた放課後。
 先生に教卓に呼ばれて、天ヶ瀬くんと話を聞く。
「はい、じゃあ前回同様お願いね。留め方は前とは違うけど……って、天ヶ瀬くん聞いてるの？」
「聞いてますよ、たぶん」
 たぶんって……ひと言余計なんだから。
 あとでわからなくなっても知らないよ？
「じゃあ、浅葉さん。天ヶ瀬くんとプリントよろしくね」
「え、あっはい」
 クラスのみんなが下校し、放課後の教室に2人っきり。
 初めて天ヶ瀬くんと2人っきりになった、あの日の放課後と状況がまったく一緒だ。
 それは向こうも思ったみたいで。
「……なんか懐かしいね」
「そうだね」
 ちょっと前のことだけど、もう懐かしく感じてしまう。
 わたしは身体を後ろにくるっと向けて、天ヶ瀬くんの机で日誌を記入する。
 それが終わってから、プリントをまとめる作業をすることにした。
 すると手があいている天ヶ瀬くんが、わたしの髪に触れ始めた。

「な、何かついてる?」
「ひまだから」
　いや、質問と答えが噛み合ってないような気がするんだけど。
「ももの髪ってふわふわしてる」
「そうかな?」
　毛先をくるくる指でいじって、遊んでいる。
「しかも甘い匂いする」
「天ヶ瀬くんも甘い匂いするよ?」
「へー、自分じゃわかんない」
　自分の匂いって、自分じゃわからないものだからね。
　すると、毛先で遊んでいた指先が、今度は頬をツンツンつついて、びよーんっとつねられる。
「いひゃいよ」
「うん、ひまだからね」
　うーん、だから会話が噛み合ってないよ?
「そんなに触られてばっかりだと、日誌が書き終わらないんだけど!」
「ももだから触りたいのに?」
　……っ!　いや、今ときめいちゃダメだよ自分!
「あ、今ドキッとしたでしょ?」
「っ、し、してません!」
　フッと笑いながら、わたしの反応を見て遊んでいる。
　天ヶ瀬くんの邪魔が入りながらも、あと少しで日誌が書き終わりそうになった時。

「そういえば……天ヶ瀬くんって何が好き？」
「……いきなりどーしたの？」
「いや、わたし天ヶ瀬くんのこと何も知らないなぁと思って。せっかくだからいろいろ聞いてみたくなったの」
「何それ」
　よーく考えてみたら、わたしは天ヶ瀬くんの何を知っているんだろうと。
　好きなものとか嫌いなものとか、簡単なことだけど、全然知らないことに今さら気づいた。
「質問するから答えてほしいなぁ」
「……そんな知りたいことある？」
「あるよ！　好きな人のことならなんでも知りたいもん」
「んじゃ、なんでもどーぞ」
　よし、そうと決まればたくさん質問していこう！
「天ヶ瀬くんの好きな食べ物は？」
「いちご」
　い、意外すぎる！って言ったら失礼かな？
「じゃあ、今度いちご狩りに行こうよ！」
「気が向いたら」
「えぇ」
　せっかくデートに誘えるチャンスだと思ったのになぁ。
「じゃあ、嫌いな食べ物は？」
「しいたけ」
　子供みたい。
「今、子供みたいって思ったでしょ」

「はっ、わたし口に出してた!?」
「顔見てればわかる。わかりやすいから」
　あんなの目つぶってパクッと食べちゃえば味なんてわかんないのに。
「じゃあ、得意な教科と苦手な教科は?」
「ぜんぶ苦手」
　とか言って、いつも成績上位のくせに。
「身長は?　血液型は?　あっ、誕生日はいつ?」
「……すげー質問攻めするね」
「だって、せっかく聞けるチャンスなんだもん」
「別にこれからも一緒にいるんだから、そんな焦ることないんじゃない?」
「っ!」
　また、さらっと嬉しいことを言うんだから。
　これからもずっと一緒にいてくれるんだって、期待しちゃうよ?
「じゃ、じゃあ、これからたくさん教えてね?」
「気分次第」
「ええ」
　そんな会話をしながら、日誌がようやくまとまって、プリントをホッチキスで留める作業を開始した。
「あ、そーいえば」
　天ヶ瀬くんがホッチキスでプリントを留めながら、何かを思い出したかのように声を出した。
「唯乃が今度ももに会いたいって」

「は、はい……？」
　久しぶりに聞いた唯乃さんの名前に、ドキッと心臓が音を立てる。
「珍しいことだけどね。唯乃が気に入ってるの」
「え、わたし気に入られてるの？」
　むしろ、めちゃめちゃ嫌われてると思っていたのに。
「口では嫌いとか言うけど、自分から会いたがってるってことは気に入ってると思う。あいつ、人の好き嫌い激しいから」
「ど、どこを気に入ってもらえたんだろう？」
「今度会った時聞いてみたら？」
「そ、そうしてみる」
　そういえば、少し前のことになるけど、天ヶ瀬くんはあらためて、唯乃さんときちんと話をしたらしい。
　昔のことや、傷のこと……他にもたくさん。
　昔から一緒にいた２人の間には、いろんなことがあったんだと思う。
　だから、話し合う時間が必要だと決めて、きちんと話し合って、今は幼なじみという関係に戻ったそう。
　２人のことについて、わたしがあまり深く聞くのはよくないと思って、それくらいしか聞けなかった。
　それから黙々と作業を続けて、終わりに差しかかった時。
「あ、そういえば！」
　今度はわたしが、あることを思い出した。
「天ヶ瀬くんに聞きたいことがあったの」

「星座とか聞かれるの勘弁だから」
「違うよ。唯乃さんのことで思い出したの」
　ほんとかどうか、わからないけど……。
　唯乃さんのご両親が海外に行っている間、天ヶ瀬くんの家でお世話になっている時、毎晩……抱きしめてもらってたって言っていた。
　そのことを天ヶ瀬くんに伝えると、
「あー……それほんと」
　あっさり認められて、地味にショックを受けた。
　だったら聞かなきゃよかったじゃんって話なんだけど。
　たぶん……いや、絶対、嫌だって顔に出てる。
「すげー仏頂面」
「ず、ずるい……。わたしにそんなことしてくれたことないのに……」
「だって、ももとそんなことしたら我慢できるわけないし」
「唯乃さんはいいの……？」
　仮にも昔、好きだった人なのに？
「だって、その時から、もものことでいっぱいだったし。だから、唯乃を抱きしめてもなんとも思わなかった」
　そう言ってもらえるのは嬉しいけどなぁ……。
　でもなぁ……。
　ヤキモチ焼いちゃうなぁ。
　やっぱりわたしって、心が狭い人間なんだなって思う。
「ももだと思って抱きしめてたから」
「だ、だからわたしの名前呼んでくれたの？」

「……は？」
　だって唯乃さん言ってたもん。
　唯乃さんのことを抱きしめながら、わたしの名前呼んでたって。
　天ヶ瀬くんの反応からすると、心当たりがない様子。
「唯乃さんが言ってたの。寝ている時わたしの名前呼んでたって」
「最悪……寝ぼけてたのかも」
　最悪なんて言わなくても。
　複雑だったけど、わたしを呼んでくれて嬉しかったのに。
「はぁ……無意識にもものこと求めてたって思うと、俺すげー惚れてんだね」
　そんな不意にストレートに言わないでほしい。
「あと、わたしが風邪で早退した翌日から学校お休みしてたんだよね？　あれって唯乃さんのことで？」
「……そーだね。引越しの準備とか唯乃のわがままに付き合ってたら、学校行ってるひまなかったし」
　やっぱり、唯乃さんのためだったんだ。
　過去のことだってわかっているのに、どうしてもヤキモチを焼いてしまう。
「拗ねてんの？」
「拗ねて……ない」
　やだな、すぐに顔と態度に出ちゃう。
「嘘つくの下手すぎ」
「…………」

「拗ねたら可愛がってあげないよ？」
「それは……やだ……っ」
　もう少し甘やかしてくれてもいいのに。
　いつもイジワルばっかり。
「そーだ、いいこと教えてあげよーか」
「いいこと？」
　あ、あれ？
　なんだか天ヶ瀬くんが、危険な笑みを浮かべているのですが。
　ジーッと見つめると。
「俺の好きなこと教えてあげるよ」
「え、それって何——」
　まだ喋っている途中だったのに、唇を塞がれてしまった。
　不意打ちのキスは、わたしをドキドキさせるには充分だった。
　少しの間、塞がれて、離れると。
「ももをいじめるの好きなんだよね」
「な、何それ……っ」
「だからこれからもたくさんいじめさせてよ？」
　ここで嫌だと言えないわたしって、やっぱり天ヶ瀬くんのトリコみたい。

天ヶ瀬くんは甘やかしてくれない。

「ねぇ、天ヶ瀬くん？」

ただいま、わたしは天ヶ瀬くんのお家に遊びに来ております。

ちなみに、今日は天ヶ瀬くんのご両親がお家に帰ってこないということで、泊まっていってもいい許可がおりたので、お泊まりです。

朝からお邪魔して、ずっと家で一緒に過ごして、もう1日が終わろうとしている。

今は、1つのベッドに2人で寝転んで、天ヶ瀬くんがわたしを抱きしめて眠ろうとしているところ。

「ん、何？」

「ほ、ほんとに抱きしめて寝てくれるんだね」

「だって、ももがそーしたいって言うから」

前に、唯乃さんのことを抱きしめて寝ていたということを聞いて、わたしも同じようにしてほしいってわがままを言ったら聞いてくれた。

「嬉しいな……っ」

隙間がないくらいギューッと抱きつくと、代わりにため息が返ってきた。

「あんまくっつかれると理性が死ぬ」

「離れちゃダメ……だよ？」

天ヶ瀬くんの胸に埋めていた顔を上げて、見つめると。

「……はぁぁ、無理、死んだ」
「え、ちょっ……んんっ」
　いつもより、だいぶ強引にキスをされた。
　角度を変えながら何度も求められて、息が続かない。
「あー、やばい。止まりそうにない」
　部屋は暗いけど、見えてしまった。
　いつもの余裕な天ヶ瀬くんはどこかへ行って、何かを欲するような目をしながら、わたしを見つめてくる。
「やっぱ抱きしめて寝るとか無理」
　自分の髪をくしゃっとしながら、天ヶ瀬くんはわたしから距離を置いた。
「俺、別の部屋で寝るから、ももはここで寝て」
「や、やだって……言ったら？」
「襲う」
「えぇ……」
　そんなはっきりした答え出さなくても。
「今日はほんと余裕ない。たぶん、これ以上一緒にいたら何やらかすかわかんない」
「天ヶ瀬くんだから一緒にいたいのに？」
「可愛いこと言ってもダメ。俺も男だから。今まで我慢してきたの褒めてよ」
「褒めたら一緒に寝てくれるの？」
　好きな人に抱きしめられて眠るのに憧れてたのになぁ。
　唯乃さんにはできて、わたしにはできないなんて悲しいなぁ。

「……ダメ、かな？」

　少しの抵抗として、天ヶ瀬くんのシャツの裾をキュッと握る。

「……そんな可愛いの、俺教えた覚えないんだけど」

「自然と覚えました……」

「何それ、タチ悪すぎ」

　不満そうに愚痴を漏らしたけど、再びわたしを抱きしめて眠ってくれた。

「そっちが煽るよーなことしてきたら、容赦しないから」

「き、気をつけます」

　って言っても、何をどう気をつければいいのかわかんないけど。

「天ヶ瀬くん……？」

「…………」

「もう寝ちゃった？」

「寝たよ」

「嘘つき。起きてるじゃん」

「……何？　早く寝なよ」

　冷たいなぁ。

　せっかくお泊まりするんだから、もっといろいろ話したいのに、そんな迷惑そうな声出さなくてもいいじゃん。

「もう……キスしてくれないの？」

「……バカなの？　襲われたいの？」

　じつは今日お家に来てから、さっきしたキスが初めてで、極力わたしに近づいてこようとしなくて、さびしかったり

する。
「ただ、もう少しだけ触れたいなぁって思って」
　あれ、今日のわたしおかしいのかな？
　いつもより、わがままがたくさん出てきちゃうし、甘えてしまう。
「なんで今日に限ってそんな甘えん坊なわけ？」
「……甘えたい気分、だから？」
「勘弁してよ」
　ついに、呆れてわたしを抱きしめるのをやめて、背中を向けられてしまった。
「天ヶ瀬くん？」
　大きくて、広い背中をツンツン指でつつくと。
「なんか俺ばっかり余裕ないの腹立つからさ」
　そう言うなり、くるりと身体を回転させて、簡単にわたしの上に覆い被さってきた。
「ももの余裕、ぜんぶなくしてあげよーか」
「っ！」
　一気に形勢逆転。
　さっきまで、天ヶ瀬くんのほうが余裕なさそうだったのに、今はわたしのほうが余裕がなくなってしまった。
「あんま生意気なことばっかしてると、どーなるか、身体で教えてあげよーか」
　そのささやきに首を縦に振ってしまいそうになる。
「だいたい、その格好も誘ってるよーにしか見えない」
　わたしが着ている部屋着のボタンを引っ張りながら、そ

う言った。
「なんなの、こんな脚出して」
「だって、短いほうが楽なんだもん」
　わたしが着ている部屋着は上下薄いピンクで、上はフードがついていて、下はかなり短いズボン。
「俺じゃなかったら確実に食われてるよ」
「く、食わ……っ!?」
「それとも食べてほしーの?」
「っ!!」
　天ヶ瀬くんが完全にいつもの調子に戻ってしまった。
　ジワリと顔を近づけてきて、キスをされるのかと思って目をギュッとつぶると。
　天ヶ瀬くんの人差し指が、唇に押さえつけられて、思わず目を開けた。
「何されるの想像してたの?」
　わかってるくせに、聞いてくるところがとってもずるい。
　だけど、そのずるさが、くせになりそう。
「イジワル……っ」
　少しは甘やかしてくれてもいいのに。
「俺に何してほしいか、その口で言ってみなよ」
　天ヶ瀬くんは甘やかしてくれない。

＊End＊

☆
☆
☆
☆
書き下ろし番外編

我慢しないで、天ヶ瀬くん。

「わぁ、海だー!!」
「…………」
　目の前には広くて青い海が広がっていて、はしゃいでいるわたしと、テンション低めな天ヶ瀬くん。
　じつは、今日から1泊2日で海に遊びに来ているのです。
　無事に高校3年生になり、今は夏休みに入ったばかり。
　せっかくの夏休みだから、泊まりでどこか行きたい！と、わたしが提案したんだけど、天ヶ瀬くんはまったく乗り気じゃない。
　むしろ、「泊まりとか俺の理性が死ぬから無理」と言って、なかなかオーケーしてくれなかった。
　そんなわたしに助け舟を出してくれた人がいた。
「いやー、海なんて久しぶりに来たわ。な、佑月？」
　天ヶ瀬くんの肩をポンポンと叩きながら、楽しそうに笑っている星川くん。
「……余計なことしやがって」
　そう、じつはこの旅行は、わたしと天ヶ瀬くん2人っきりではなくて。
「ねぇ、那月〜。早く海入りたいんだけど〜」
「待てって、菜子。まだ水着にも着替えてねーだろ？」
　なんと、星川くんと菜子さんも一緒なのだ。
　わたしが天ヶ瀬くんと旅行の話をしていた時。

たまたまその会話を聞いていた星川くんが、この旅行を提案してくれたのだ。
　ここは、星川くんのおじさんが経営している旅館で、目の前は海。
　そこに菜子さんと2人で遊びに行く予定だったみたいなんだけど、わたしと天ヶ瀬くんもよかったら一緒にどうかと誘ってくれた。
　天ヶ瀬くんはすごく不満そうにしていたけど、わたしが一生のお願い！って頼んだら渋々オーケーしてくれた。
　星川くんのおかげで泊まるところは確保できたし、しかも今回は宿泊費をタダにしてもらえたのだ！
　ここまで来るのも、星川くんのおじさんが家の近くの駅まで車で迎えに来てくれたおかげで、電車代なども一切かかっていない。
　星川くんがロビーで鍵を2部屋分受け取ってきた。
「はい。じゃあこの部屋の鍵は菜子と、ももちゃんのやつね。んで、こっちは俺と佑月のやつな」
　あ、そっか。わたしと天ヶ瀬くんは部屋が違うんだ。
　せっかくだから、同じ部屋に泊まりたいと思っていたのになぁ。
　ショボンと落ち込むわたしに、星川くんがこっそり耳打ちをしてきた。
「もしかして、佑月と同じ部屋がよかった？」
「へ!?」
「ははっ、その反応だと図星っぽいね。ほんとは、ももちゃ

んと佑月で1部屋の予定だったんだけどさ。佑月のやつが全力で拒否ってきたんだよね」

　そ、それは彼女としてかなりショックなんだけど！

　そんなにわたしと一緒にいるのが嫌なのかなぁ……。

　旅行も全然乗り気じゃなかったしなぁ……。

「あ、ももちゃんのことが嫌だから拒否ったわけじゃないと思うよ？」

「え、違うの？」

「違う違う。たぶん、抑えがきかなくなるからだよ。男ってのは単純な生き物だからねー」

「は、はぁ……」

　星川くんの言っていることが、いまいち理解できないまま、部屋に荷物を運んで、海に行く準備をした。

　なんと便利なことに、旅館から海まで歩いてすぐなので、旅館で水着に着替えて、そのまま海に行けてしまうのだ。

　いったん、天ヶ瀬くんと星川くんとはロビーで別れて、海で集合することになった。

　わたしと菜子さんの部屋は２階で、天ヶ瀬くんと星川くんの部屋は３階にある。

　部屋は２人で過ごすには広すぎるくらいで、とても綺麗。

「きゃ〜、すごい素敵な部屋ね〜」

　菜子さんが部屋に入るなり、そう言った。

「そうですね。とっても綺麗ですよね」

　わたしが荷物を整理している間、菜子さんは部屋の中を探索していた。

「わ〜、お風呂広ーい！」
　菜子さんって見た目はすごい大人っぽいのに、はしゃいだりするところを見ると、あどけなさを感じる。
　そういえば菜子さんって、歳はいくつなんだろう？
　あとで聞ける時があれば、聞いてみようかな。
「ひゃぁ、しかも浴衣があるじゃない！　可愛い〜」
　菜子さんが手にしていた浴衣はとても可愛かった。
　備え付けで置いてあるものかな？
　パジャマとか持ってきていないから、夜は浴衣を着ればいっか。
「さぁて、じゃあそろそろ海に行く準備しないとね〜」
　つ、ついに水着に着替える時がきてしまった。
　じつはこの日のために、水着を新しく買ったのはいいんだけれど……。
　今までワンピースの水着しか着たことがなくて、新しく買うものもなるべく体型が隠れるものにしようとしたんだけれど……。
　一緒に買い物に付き合ってくれた花音に、「ダメよ、そんな子供っぽいの選んじゃ。せっかく彼氏と海に行くんだから、これくらい派手なの着なさい！」って、言われて買ってしまった……。
「ももちゃんの水着はどんなの〜？」
　菜子さんが興味津々で、わたしに聞いてきた。
「いや、えっと……は、恥ずかしくて……っ」
「ええ、どんなのか気になるじゃな〜い」

ほんとにこれを着て大丈夫なんだろうかって、不安になってきた。
　やっぱりワンピースの水着も持ってこればよかったかもしれない。
「ほらほら、見せて〜。どうせ着るんだからいいじゃない！」
　恥ずかしかったけれど、菜子さんの押しの強さに負け、袋から取り出した。
「ひゃ〜可愛いじゃない！　白の小花柄ってももちゃんぽくていいわよ！」
「うっ、や、でも……こ、こんな露出高いの、初めてなんです……っ」
　白の小花柄っていうのは、とっても気に入っているデザインなんだけど……。
　胸元に大きなリボンがあって、下はフリルがついている、いわゆるビキニというやつでして……。
　お世辞にもスタイルがいいとは言えないわたしにとっては、すごいチャレンジをしてしまったと、今さらになって後悔している。
「いいじゃない、それくらい攻めないとね。せっかく彼氏とデートなんだからっ！」
　こうして抵抗がありながらも、着替え終えたわたしと菜子さんは、２人で海に向かう。
　ちなみに、菜子さんは黒のビキニを着ている。
　スタイルがいいから、よくお似合いで……。
　なんだか隣にいるのがいたたまれなくなって、菜子さん

の少し後ろを歩く。
　ほんとは羽織るものも買おうかと思ったんだけど、花音がそんなのいらないでしょ！って言うから買えず……。
　けど、やっぱり恥ずかしい……！
　そして、あっという間に海に着いてしまった。
　菜子さんがキョロキョロ周りを見て、天ヶ瀬くんと星川くんを探す。
「あれ〜、あの２人どこにいるのかしら？」
　すれ違う男の人たちが、みんな菜子さんに釘づけになっている。
　さ、さすが……。
　女のわたしから見ても、菜子さんのスタイルはとても羨ましい。
　やっぱり調子に乗るんじゃなかった……。
　おとなしくワンピースの水着にすればよかったと、またしても後悔する。
「あ、いたいた〜！　２人ともこっちこっち！」
　ついに、菜子さんが２人を見つけてしまった。
　うっ……、どうしよう……。
　今から走って旅館に戻って着替えたい……！
　菜子さんの後ろに隠れながら、２人と合流した。
「おー、遅いじゃん２人とも。俺らかなり待ったんですけどー」
「あら、仕方ないじゃない。女の子は準備することがたくさんあるのよ。ねー、ももちゃん？」

後ろでコソコソ隠れているわたしに菜子さんが話を振ってきた。
「いや、えっと……」
　うぁぁ……恥ずかしくて２人の前に出られない！
「ももちゃんってば、さっきからずっとわたしの後ろに隠れたままなのよ〜」
「うっ、やっ、だって……」
「ほーら、ももちゃん可愛いんだから、もっと自信持ちなさい！」
　そう言って、菜子さんがわたしを前に押し出してきた。
　わたしの姿を隠すものが、何もなくなってしまった。
　な、なんてつらい状況なんだ……。
　すぐ隣にはスタイル抜群の菜子さんがいる。
　こ、これは耐えられない……っ！
　恥ずかしくて身体を縮こまらせ、腕を前に出して隠そうとするけど全然隠れない。
　すると、星川くんがわたしのほうを見ながら言う。
「へー、ももちゃんすげー可愛いじゃん。似合ってるよ？　そんな恥ずかしがることないって。な、佑月……ってお前なんつー顔してんだよ」
　さっきからずっと黙っていた天ヶ瀬くんのほうを見てみると、表情がピシッと固まっていて、眉間にしわを寄せながら、不満そうな顔をしてわたしを見ていた。
　や、やっぱり似合ってないから……そんな顔をしているに違いない。

「……もも、ちょっとこっち来て」
 そう言うと、わたしの腕を強引に引っ張って、どこかへ連れていこうとする。
 その様子を見ていた星川くんが、「ももちゃんがあんまり可愛いからって変なことするなよー？」と、わけのわからないことを言っていた。
 そして、連れてこられたのは人通りが少ない場所。
 壁にドンッと身体を押しつけられた。
「あ、天ヶ瀬くん……？」
「…………」
 さっきから表情は険しいまま。
 というか、正直目のやり場に困っている。
 目の前にいる天ヶ瀬くんはパーカーを羽織っているけど、上半身裸で……どこを見たらいいのかわからない。
 目線はキョロキョロしちゃうし、今こうして天ヶ瀬くんに見られているのがとっても恥ずかしい。
「はぁ……その格好なんなの？」
 黙っていた天ヶ瀬くんがようやく口を開いたかと思えば、ため息をついてイラついた口調で話す。
「え、えっと……み、水着です」
「見りゃわかるし。俺が聞いてんのは、なんでそんな露出高いの着てんのってこと」
「だ、だって……花音がせっかく海に行くなら、これくらい着たほうがいいって……」
 天ヶ瀬くんはずっと不満そうな顔をしたまま。

やっぱり似合ってないから……かな。
「に、似合ってないのはわかるんだけど……。でも水着これしか持ってきてなくて……ひゃっ」
　わたしが喋っている途中だったのに、天ヶ瀬くんが急に抱きしめてきた。肌が触れて、いつもよりドキドキしてしまう。
「あのさー、誰が似合ってないなんて言った？」
「え……？　似合ってないから怒ってるんじゃないの？」
　すると、耳元で盛大なため息が聞こえてきた。
「あのさー、頼むから自分の可愛さ自覚しなよ」
「えぇ……だってわたし可愛くな――」
　身体は離さないまま天ヶ瀬くんの顔が不意に近づいてきて、唇を塞がれてしまった。
「……んぅ……っ」
　な、なんでいきなりキス……？
　ずっと塞いだまま、なかなか離してくれない。
　限界になって、天ヶ瀬くんの胸をトントンと叩く。
　息が乱れて、呼吸を整えるのに必死なわたし。
　天ヶ瀬くんは、相変わらず怖い顔のまま。
「……あー、今すぐ襲いたくなる」
「へ……!?」
　と、突然なに言ってるのこの人！
「どー見ても、誘惑してるようにしか見えない」
　ギュッと抱きしめて離してくれない。
「こんなの下着みたいなもんじゃん。なんで俺以外のやつ

に見せるの？　ほんと気に入らないんだけど」
「た、たぶん誰もわたしのことなんて見てないと思うんだけど……っ？」
「それ本気で言ってんの？」
「う、うん」
　だって、さっきもみんな菜子さんのこと見てたし。
　わたしみたいな幼児体型には興味ないと思うもん。
「自覚ないってタチ悪い」
「え？」
「男はみんな危ないんだよ。ももみたいに可愛いやつを狙ってんの」
「えぇ、そんなことないよ……！」
「そんな可愛い姿、見せていいなんて、俺は許可してないんだけど」
　今日は、なんだか天ヶ瀬くんの独占欲がすごく強いような気がするのですが……！
「か、可愛いの……かな？」
「可愛すぎて困る……。俺以外のやつに見せたくない」
　うっ、そんなストレートに可愛いって言われたらドキドキしちゃうじゃん……！
「今すぐ連れて帰りたい」
「えぇ、せっかく海に来たのに」
　天ヶ瀬くんと海で泳ぎたかったのになぁ。
「そんな格好でウロウロされたら、変な男が寄ってくるからダメ」

「ぅ……けど、天ヶ瀬くんと一緒に海で泳ぎたいもん……。ダメ……かな?」
　わたしが天ヶ瀬くんの顔を見上げて、お願いしたら。
「あー……もう。そんなふうにおねだりされたら断れない」
　渋々海に戻ることをオーケーしてくれた。
　そのかわり、天ヶ瀬くんが着ていたパーカーを必ず羽織ることを条件に。
　パーカーのチャックをしっかり首元までしめられてしまった。
　海のほうに戻ると、星川くんと菜子さんは浮き輪を持って、浅瀬ではなく深いところまで行っているのが見えた。
「いいなぁ、わたしも深いところで泳ぎたいなぁ」
　ちなみに、今わたしは砂浜に座っている。
　ちゃっかり隣には天ヶ瀬くんがいる。
「あの、天ヶ瀬くん?」
「……何?」
「わ、わたしも浮き輪借りて深いところまで行きたいなぁと思って」
　せっかくだから、やっぱり海に入りたいなぁと。
「そんなに海に入りたいの?」
「そ、そりゃ……もちろん」
　それにパーカー羽織ってるから、地味に暑いんだよね。
　すると、天ヶ瀬くんが急に立ち上がった。
「ももがそんなに言うならいいよ」
「え、ほんとに!?」

やった！と立ち上がって飛び跳ねてしまった。
　じゃあ、そうと決まれば浮き輪を借りに行かなくちゃ！
と、思っていたんだけど。
「浮き輪なしね」
　天ヶ瀬くんがわけのわからない提案をしてきた。
「え、わたし浮き輪ないと溺れちゃうよ！」
　天ヶ瀬くんみたいに背が高くないから、浮き輪がないと大変なことになるのに！
「いーじゃん。俺が抱っこしてあげるから」
「へ……？」
「ほら、おいで。行くよ」
　あわててパーカーを脱ぎ、砂浜に置く。
　天ヶ瀬くんに手を引かれて、浮き輪なしで海に入る。
「ひゃぁ、冷たいっ！」
　しっかりつかると、結構冷たい。
　けど、さっきまで暑かったから、この冷たさがとても気持ちいい。
　天ヶ瀬くんに手を引っ張られながら、どんどん深い場所まで行き、ついにわたしの足がつかないところまで来てしまった。
「ひぇ！　ちょっと待って、天ヶ瀬くん！　これ以上深いところに行ったら、足がつかないよ！」
　天ヶ瀬くんはまだ余裕だろうけど、わたしはもうダメだよ！　溺れちゃう！
　だから、浮き輪借りたかったのに……！

「じゃあ、俺にしがみつけばいーじゃん」
「や……だ、だって他の人いるし……」
　人前で抱きつくのはちょっと抵抗がある。
「大丈夫でしょ。誰も俺たちのことなんか見てない」
「うっ……でも……きゃぁ!!」
　ついに足がつかなくなり溺れそうになって、とっさに天ヶ瀬くんの首に腕を回してしまった。
「へー、恥ずかしがってたくせに積極的じゃん」
「だ、だって、足がつかないんだもん」
　天ヶ瀬くんに抱きついたまま、離れることができない。
　そのまま天ヶ瀬くんの腕が、わたしの背中に回ってきた。
　そして、さっきよりも深いところに来てしまった。
　こ、これは、天ヶ瀬くんから離れたら確実に溺れてしまう！
「は、離しちゃダメだよ?」
　わたしがお願いすると、天ヶ瀬くんはイジワルなことを言ってくる。
「へー。俺が今ここで、もものこと離したら面白そーだね」
「え、えっ!?　ダ、ダメだよ!?」
　絶対離れまいと、さらに天ヶ瀬くんに強く抱きつく。
　すると、耳元でフッと笑い声が聞こえてきた。
「そーやってくっつかれると、たまんない」
　そう言って少し身体を離して、軽く触れるだけのキスをした。
「っ！　こ、ここ外なのに……！」

恥ずかしくなって、一気に顔がブワッと赤くなる。
「ももがあんまり可愛いから我慢できなかった」
　こうして海で数時間遊んで満喫したあと。
　海から戻ると夕方になっていて、いったん部屋で休んでから晩ご飯を食べることになった。
　ちなみに晩ご飯はバイキング。
　夕方の６時に４人で集合して、晩ご飯を食べた。
　今は晩ご飯を食べ終わり、わたしと菜子さんがデザートを食べているところ。
「あ、そうだ。ももちゃん、あとで外にある露天風呂に行かない？」
「え、露天風呂なんてあるんですか!?」
　な、なんて豪華なんだ……！
「そうそう〜。お肌が綺麗になる効果があるんだって〜」
「えぇ、ぜひ行きたいです！」
　わたしと菜子さんが楽しそうに会話をしていると、星川くんが不満そうに愚痴を漏らし始めた。
「んだよー、そっちは２人で楽しいかもしれないけどさ。俺はこのつまんねー佑月とひと晩ともに過ごすんだぜ？さびしいよなー」
　星川くんが天ヶ瀬くんの頬をツンツンつつく。
「……うざ」
　明らかに嫌そうな顔をする天ヶ瀬くん。
「いいじゃないの。男同士仲良くしていなさいよ〜」
　そんな姿を菜子さんは楽しそうに見ていた。

「はぁ、俺もそっちに混ぜてほしい」
「ダーメ。今日は、ももちゃんとゆっくりガールズトークでもしようかなって思ってるのよ～」

　というわけで、晩ご飯を食べたあとは、天ヶ瀬くんたちと別れて、菜子さんと露天風呂に向かう。

　ちなみに時間帯が決められていて、夜の9時までは女の人が利用できる。だけど、それ以降の時間は男性専用になってしまうので、それまでに出なくてはいけない。
「ひゃぁ～、めちゃくちゃ広ーい！」

　菜子さんは露天風呂を見るなり、とても大きな声ではしゃいでいる。

　どうやらわたしたち以外、人はいないみたいで、貸切状態だ。

　髪をお団子にして、お湯に浸かる。
「んー、気持ちいいわね～」

　菜子さんはお湯に浸かりながら、身体をグイーッと伸ばしている。

　な、なんだか変な感じだなぁ。

　誰かと一緒にお風呂に入るのって、緊張してしまう。

　けど、菜子さんは全然気にしていない様子。

　それどころか。
「ね～、ももちゃん。佑月とは最近どう？」

　なんて普通に話しかけてくる。
「えっと、どうと言いますと……？」
「佑月に変なことされてない？」

「へ!?」
「あー、その様子だとなんかされたんだ?」
　ニヤニヤと笑いながら、わたしを見てくるもんだから、恥ずかしくなって顔を半分お湯につけてしまった。
「ももちゃんの反応がピュアすぎて、わたしにも移っちゃいそう〜」
　菜子さんの性格って羨ましいなぁ。
　すごくフレンドリーだし、気さくに話しかけてくれるし。
　ちょっと楽観的なところもあるけど。
「あ、あの菜子さん?」
「んー? どうしたー?」
「菜子さんっておいくつなんですか?」
「えぇ〜、このタイミングで年齢聞いちゃう?」
　いつか聞こうと思っていたことなので、せっかくだから聞いてみた。
「いくつに見える?」
「え……うーん、わたしよりは上かな……と」
　菜子さんすごく美人だから、年上に見える。
　老けてるとかじゃなくて、綺麗だから。
「そーね。ももちゃんよりひとつ上だものね」
「えっ、ひとつしか変わらないんですか!?」
　び、びっくりだ。
　ということは、わたしが今年で18歳だから、菜子さんは19歳ってこと!? てっきり、もう成人しているのかと思っていた。

「そうよ〜。あら、もしかして老けて見えたかしら」
「い、いえ！　そんな！　ただ、とっても綺麗で美人なので、わたしとひとつしか変わらないなんて、びっくりで」
「え〜、ももちゃんだって可愛いじゃない」
「いや、もうわたしなんか、その……可愛さのかけらもないです」

　菜子さんみたいに綺麗な人に可愛いと言われてもなぁ。
　きっとお世辞で言ってくれてるんだろうなぁ。
「だって、あの佑月がベタ惚れしてるじゃなーい。あれは相当ももちゃんのトリコになっているわね」
　ふふっと笑いながらわたしのほうを見て、さらに首筋を指さしてきた。
「わかりやすいわね〜。うまく見えるところに跡つけてるんだもん。ももちゃん愛されてるわね」
「や、えっと、これは……っ」
　恥ずかしくなって、すぐに首元を手で隠した。
「付き合ってだいぶ経つんでしょ〜？　ラブラブね」
　ラブラブ……か。
　それはどうなんだろう？
　じつはここ数ヶ月、天ヶ瀬くんの様子がおかしかったりする。
　前は自分からわたしに触れてくることが多かったくせに、最近はなんだか触れるのを避けられてるっていうか、冷たくされているような気がする。
　2人っきりの時は、とくにそう。

今日の海ではそんなことなかったけど。
「ももちゃん？　どうかしたの？」
　せっかくだから、菜子さんに相談してみるのもありかもしれない。思い切って打ち明けると、菜子さんはキョトンとした顔でわたしを見て、はっきり言った。
「それは、佑月が我慢してるってことじゃない？」
「が、我慢？」
　え、嘘。わたし天ヶ瀬くんに、何か我慢させちゃってるの!?
「男はね、単純な生き物なのよ。目の前に好きな子がいたら、手を出さずにはいられないもんなのよ」
　あれ……たしか星川くんも似たようなことを言っていたような……。
「え……でも、最近避けられてるんで、わたしに魅力がないだけじゃ……」
「そんなわけないじゃない〜。絶対ももちゃんに触れるのを我慢してるのよ。ももちゃんが可愛くて仕方ないから、抑えられないんじゃない？」
「う、うーん……」
　結局菜子さんに相談してみたものの、やっぱり天ヶ瀬くんに直接聞いてみないとわからないか。
　こうしてお風呂から上がり、菜子さんと部屋に戻る途中。
　２人で歩いていると、菜子さんが、ふと何かを思いついた様子で立ち止まった。
　何やらスマホをいじって、誰かに連絡を取っている。

しばらくすると要件がすんだのか、再び歩きだす。
「ね～ももちゃん？」
「はい？」
「ももちゃんはさ、もし目の前に甘くて美味しそうなケーキがあったらどうする？」

突然、わけのわからない質問をされて戸惑う。

だけど、そんなに難しい質問ではないから、答えることは簡単だと思う。
「え、えっと……迷わずすぐに食べちゃいます」

甘いものが大好きだから、ケーキが目の前にあったら、絶対パクッと食べちゃう。
「そうよね～。じゃあ、そのケーキが目の前にあるのに食べちゃダメって言われたら？」
「うっ、それはつらいです」

目の前に自分が食べたいものがあって、食べられないなんてつらすぎるじゃん。

すると、菜子さんはその答えを待ってましたと言わんばかりの顔をしながら言った。
「そうね、つらいわよね。今の佑月はきっとそんな状態なのよ」
「え？」

な、なぜいきなりここで、天ヶ瀬くんの名前が出てくるの？
「目の前に、自分が手に入れたいものがあっても、大切にしたいから、我慢しないといけないって思ってるのよ」

「そ、それはいったいどういう……」
「あんまり我慢させちゃダメってこと。もし、ももちゃんが不安なら、佑月のこと誘惑しちゃえばいいのよ。そしたらわかることだから」
「ゆ、誘惑……っ!?」
　聞き慣れない単語を聞いて、変に動揺してしまった。
「まあ、ももちゃんにそれなりの覚悟がないと、そんなことはしちゃダメだけどね?」
　そして、あっという間に部屋に着いてしまった。
　菜子さんが鍵を持っているので、部屋の扉の前でガチャッと鍵を開けて中に入る。
　そのあとに続いて、わたしも入ろうとしたら、いきなりバタンッと扉を閉められてしまった。
　この部屋の鍵はオートロックだから、扉が閉まった瞬間、外からは開けられなくなってしまう。
　え、えぇ!?　な、なんで!?
「な、菜子さん!?」
　あわてて部屋の扉をドンドン叩くと、少ししてからガチャッと鍵が開いた音がした。
　ようやく中に入れてもらえるのかと思いきや。
「はい、これももちゃんの荷物ね〜」
「え、えっ!?」
「さっき那月に連絡して急遽変更してもらったの。わたしはこの部屋で那月と過ごすから、ももちゃんは佑月と仲良くね?」

「え……は？　え……ええ!?　ちょ、菜子さん!?」
　荷物を強引に押しつけられてしまい、部屋の外に出されてしまった。
　ええ、何この急展開。
　ほ、ほんとにわたしと天ヶ瀬くんが、同じ部屋に泊まるの？
　ど、どうしよう……。心の準備もできていないし、いきなり部屋に行ったら迷惑じゃないのかな。
　けど、ずっとこんなところにいるわけにもいかないだろうし……。ロビーで浴衣を着て、こんな荷物持っていたら明らかに不自然だろうし……。
　こうして天ヶ瀬くんが泊まる部屋に向かい、扉をコンコンッとノックした。
　しばらくすると、中から鍵が開いた音がして、天ヶ瀬くんが出てきた。
　ちょうどお風呂から上がったところなのか、髪が濡れていたのと、備え付けで置いてあった浴衣を着ていたのとで、なんだか色っぽくて、思わずドキッとした。
「は……？　なんで、ももがいんの？」
　わたしを見るなり、それはもう驚いた顔をして、ピシッと固まっていた。
「えっと……部屋から追い出されました」
「は……？」
　わたしのキャリーケースを見て、天ヶ瀬くんがこの世の終わりのような顔をした。

「さ、さっき露天風呂から戻ったら、急に菜子さんが星川くんと同じ部屋に泊まるって言い出しちゃって……」

わたしがそう伝えると天ヶ瀬くんは、「チッ……だからあいつ、あんな浮かれて部屋から出ていったのか」と、キレ気味の口調で愚痴を言っていた。

なんだか、だいぶ迷惑そうな顔してるなぁ。

けど、この部屋にしかいられないし。

「ど、どうしよう……。今夜わたしが一緒だったら迷惑かな……っ？」

「……いや、迷惑ってわけじゃないけどさ」

自分の髪を軽くかきあげて、ため息をついてしまった。

「えっと、迷惑だったら、わたしロビーにいたほうがいいかな……っ？」

「は……？　なに言ってんの。そんな可愛い格好して1人でいたら、絶対変なやつに連れていかれる」

「じゃ、じゃあ部屋の中に入れてくれる？」

わたしが首を傾げてお願いしてみると、天ヶ瀬くんがへにゃっと力が抜けたように、その場に座り込んで頭を抱えてしまった。

「……俺、今日眠れないじゃん」

「だ、大丈夫？」

体調が悪くなったのかと思って、わたしもしゃがんで、天ヶ瀬くんと同じ目線の高さに合わせた。

すると、天ヶ瀬くんが頭をガシガシかきながら、「全然大丈夫じゃない。俺の理性が死ぬ」と、独り言をつぶやい

ていた。
　とりあえず、ずっと入り口にいるわけにもいかないので、ようやく中に入れてもらうことができた。
　部屋の中は、薄暗い電気しかつけられていなかった。
　間取りは、わたしが今日、菜子さんと泊まるはずだった部屋とまったく一緒だ。
「あ、あの天ヶ瀬くん？」
　中に入ると、天ヶ瀬くんは部屋の隅っこに行ってしまって、わたしと距離を置いている。
　さっきから、だいぶ様子がおかしい。
「えっと、なんでこっちに来てくれないの？」
「……無理、死ぬから」
　えぇ、その理由はなんですか……！
　思いっきり拒否されて、地味に傷つくんですけど！
「じゃ、じゃあ、わたしからそばに行ってもいい？」
　わたしが近づくと、なぜか逃げようとするんですが！
「無理……。頼むから俺に近づかないで」
「えぇ……せっかく２人っきりなのに？」
「２人っきりだから危ないんだよ……」
　そんなに避けられたら、ますます近づきたくなるじゃん。
　無理と言う天ヶ瀬くんを無視して、そばに近づいてギュッと抱きついてみた。
「……っ、頼むからほんとやめて」
「どうして？　離れるなんてさびしいんだもん」
　せっかくだから、もっとそばにいたいと思うのはわたし

だけなのかなぁ。
「こっちがどんな気でいるのかわかってんの？」
「……？」
「離れたほうが、もものためなんだよ」
「えぇ、意味わかんないよ」
　すると、この言葉を聞いた天ヶ瀬くんが、わたしの身体をふわっと抱き上げて、いきなりベッドに押し倒してきた。
「……だったらわかるように教えてあげようか？」
　薄暗い明りの中で見えた天ヶ瀬くんの表情は、いつもより色っぽくて、思わず見とれてしまう。
「あま……がせくん？」
「俺さ、こんな状況で我慢できるほど、できた人間じゃないんだよ、わかる？」
　上から見下ろしてくる瞳は、いつもより余裕がなさそうに見えて……。
「我慢してる……の？」
　菜子さんの言うとおり、天ヶ瀬くんは何かを我慢しているんだ。
「してるよ……。大切にしたいから、簡単に手出せないんだよ」
「じゃ、じゃあ……我慢しなくていいよ？」
　わたしの言葉に天ヶ瀬くんが驚いて、固まってしまった。
「あのさ……絶対意味わかってないじゃん。バカなの？俺じゃなかったら確実に襲われてるよ」
「あ、天ヶ瀬くんになら、何されても大丈夫だもん……っ」

天ヶ瀬くんの瞳を見て、はっきりと言った。
　それよりも、我慢してわたしに触れてこないほうが、ずっとさびしいよ。
「あー……ダメだ、タガ外れた」
「……んっ」
　強引に唇が重なってきた。
　何度も何度も角度を変えながら、いつもより深くキスをしてくる。
「あ……まがせくん……っ」
「喋んないで、キスしにくい」
　たぶん……もう天ヶ瀬くんは止まってくれないような気がする。
　ついていくのに精一杯で、頭がボーッとしてくる。
　唇が離れた時、一気に酸素を取り込んで、呼吸を整える。
「はぁ……っ、ま、待って……」
「もう待てない。煽ってきたそっちが悪いんだよ」
　天ヶ瀬くんの手が、脚に触れてきた。
　身体がピクッと反応して、抵抗する。
　すると、さっきまで止まりそうになかった天ヶ瀬くんが、ピタッと動きを止めた。
「……ほら、やっぱ怖いでしょ。身体に力入りすぎ」
　そう言うと、わたしの上からどいて、ベッドの隅っこに座り、ため息をつきながら「あー……危なかった」と、独り言をつぶやいていた。
　正直、少し怖かった。

いつもは、わたしのペースに合わせてくれている天ヶ瀬くん。
　付き合ってだいぶ経つのに、キスしかしてこない。
　たぶんそれは、わたしを大切に想ってくれているから。
「天ヶ瀬くん……」
「ん？」
「あ、あの……えっと、我慢させてばっかりでごめんなさい……っ」
　わたしは身体を起こして俯いた。
　早く大人になりたいって思っていても、まだまだ子供なわたしは気持ちが追いつかない。
　きっとそれを、天ヶ瀬くんはわかってくれている。
「いーんじゃない？　別に焦ってするようなことじゃないし。ももの気持ちが追いつくまで待つから」
「っ……」
　思わず、大きな背中に抱きついてしまった。
「あのさー……俺、これでも我慢するのに必死なんだけど」
「も、もう少しだけこうしてちゃダメ……？」
　すると、天ヶ瀬くんは、「くっつかれるのはさすがにキツイから、隣に座って」と言いだした。
　2人で横に並んでベッドに座る。
　ちょうど正面に大きな窓があって、中は暗いままだから、そこから外がよく見える。
　今日は雲ひとつなくて、綺麗な夜空に星がたくさん出ているのが見える。

こんな綺麗な夜空を見たのは久しぶりかもしれない。
「夜空……綺麗だね」
　こうして２人横に並んで、こんな素敵な景色を見られるなんて、わたしは幸せ者だなぁって実感させられる。
「流れ星とか見えるのかな？」
「どーだろ。見えたらなんかお願い事でもすんの？」
「うん、するよ」
　天ヶ瀬くんとこれからもずっと一緒にいられますようにって。
「お願いしなくても俺はずっとそばにいるつもりだけどね」
　えっ!?　わたし今、口に出してた!?
　びっくりして、天ヶ瀬くんの顔を見る。
「言わなくてもわかるよ。ももの考えることくらい」
「こ、これじゃ願い事叶わなくなっちゃうよ……」
　昔、流れ星を見た時、願い事を他の誰かに知られてしまうと、叶わなくなるという噂を聞いたことがある。
「そんなこと願う必要ある？」
「え……？」
「俺のそばにはずっと、ももしかありえないのに？」
「っ……！」
　あぁ、もう……っ。
　嬉しくて、つい抱きつきたくなってしまう。
　だけど、そこはちょっと我慢をして、天ヶ瀬くんの手をそっと握る。
　すると。

「あ、流れ星」
「えっ!?」
　天ヶ瀬くんが空を指さして言ったから、どこどこ？と探してキョロキョロしていると。
　軽く触れるだけのキスをされた。
「っ！」
「嘘だよ」
　ぬぅぅ……！
　イジワルそうに笑って、「そんな簡単に流れ星なんか見えるわけないじゃん」と、バカにされてしまった。
　そして、天ヶ瀬くんがわたしの肩を抱き寄せてきた。
　やっぱりわたしは、この温もりが大好きだ。
「天ヶ瀬くん……？」
「何？」
「好きだよ……っ」
　いつもは素直になれないから、好きとか言うのは恥ずかしいけれど、今はすんなり出てきた。
「はぁ……頼むからあんま可愛いこと言わないでよ」
　天ヶ瀬くんの頭が、コツンとわたしの肩に乗っかってきた時だった。
　夜空に一瞬だけ光が走った。
　どうやら天ヶ瀬くんは、一瞬だったから気づいていない様子。
　もう光は消えてしまったけれど、たぶん見えたよ。
　だから、ひっそりお願いしとくね。

これからもずっと、天ヶ瀬くんがわたしの隣で笑っていてくれますように……。

番外編End

あとがき

こんにちは、みゅーな**です。
このたびは、数ある書籍の中から『天ヶ瀬くんは甘やかしてくれない。』をお手に取ってくださり、ありがとうございます！　皆様の応援のおかげで、4冊目の出版をさせていただくことができ、大変嬉しく思います。

書籍化するにあたり、サイト版とは少し内容を変えて書かせていただきました。そして、本編よりさらに甘い番外編も書かせていただき、とても満足しています……！

この作品は、ももの「好きにならない自信がある」というセリフを思いついて、書き始めたものでした。
"好き"という気持ちを隠して、強がって言ってしまった言葉から始まった2人の関係を書くのは、とても楽しかったです。
楽しかった反面、何度も書き直しをしました。
ももと天ヶ瀬くん、2人の幼なじみである愁桃と唯乃。
ひとりひとりが好きな相手を想う気持ちが強く、ぶつかってしまうことも多くありました。

愁桃の、ももに対する一途な想い。自分を好きだと言ってくれる人を好きになりたいと思っていても、応えること

ができない、ももの想い。過去の出来事から、唯乃のそばにいなくてはいけないと決めた天ヶ瀬くんの想い。天ヶ瀬くんのことを考えて、最後は別れを決めた唯乃の想い。

　他にもいろんな想いが詰まったこの作品を読んでくださった皆様に、胸キュンや切なさを少しでも感じ取っていただければ、作者としても嬉しい限りです。

　最後になりましたが、ここまで読んでくださり本当にありがとうございました。
　この作品を読んでくださった読者の皆様がいたからこそ、こうして素敵な機会をいただくことができました。
　4度目の書籍化の機会を与えてくださいましたスターツ出版様、この作品を見つけてくださり、企画を立ててくださった担当の本間様、いつも編集を担当してくださり、アドバイスをくださる加藤様、いつも可愛くて素敵なイラスト、相関図を描いてくださるイラストレーターのOff様。たくさんの方の力をお借りして、こうして1冊の本ができあがりました。本当にありがとうございました。

　この作品に出会ってくださった、全ての皆様に感謝を込めて。

2018年12月25日　みゅーな**

この物語はフィクションです。
実在の人物、団体等とは一切関係がありません。

みゅーな**先生への
ファンレターのあて先

〒104-0031
東京都中央区京橋1-3-1
八重洲口大栄ビル7F

スターツ出版（株）書籍編集部 気付
みゅーな**先生

天ヶ瀬くんは甘やかしてくれない。

2018年12月25日 初版第1刷発行

著 者	みゅーな＊＊
	©Myuuna 2018
発行人	松島滋
デザイン	カバー　金子歩未（hive&co.,ltd.）
	帯　菅野涼子（説話社）
フォーマット	黒門ビリー＆フラミンゴスタジオ
DTP	朝日メディアインターナショナル株式会社
編 集	本間理央
	加藤ゆりの　三好技知（ともに説話社）
発行所	スターツ出版株式会社
	〒104-0031 東京都中央区京橋1-3-1　八重洲口大栄ビル7F
	TEL 販売部03-6202-0386（ご注文等に関するお問い合わせ）
	http://starts-pub.jp/
印刷所	共同印刷株式会社

Printed in Japan

乱丁・落丁などの不良品はお取り替えいたします。上記販売部までお問い合わせください。
本書を無断で複写することは、著作権法により禁じられています。
定価はカバーに記載されています。

ISBN 978-4-8137-0589-5　C0193

読むたび何度でも恋をする…全力恋宣言！
毎月25日はケータイ小説文庫の日♥

心に沁みるピュアラブやキラキラの青春小説、
「野いちご」ならではの胸キュン小説など、注目作が続々登場！

ケータイ小説文庫　2018年12月発売

『クールな同級生と、秘密の婚約!?』SELEN(セレン)・著

高2の亜瑚は、実家の工場を救ってもらう代わりに大企業の御曹司と婚約することに。相手はなんと、クールな学校一のモテ男子・湊だった。婚約と同時に同居が始まり戸惑う亜瑚。でも、眠れない夜は一緒に寝てくれたり、学校で困った時に助けてくれたり、本当は優しい彼に惹かれていき…？

ISBN978-4-8137-0588-8
定価：本体590円+税

ピンクレーベル

『天ヶ瀬くんは甘やかしてくれない。』みゅーな**・著

高2のももは、同じクラスのイケメン・天ヶ瀬くんのことが好きだけど、話しかけることすらできずにいた。なのにある日突然、天ヶ瀬くんに「今日から俺の彼女ね」と宣言される。からかわれているだけだと思っていたけれど、「ももは俺だけのものでしょ？」と独り占めしようとしてきて…。

ISBN978-4-8137-0589-5
定価：本体590円+税

ピンクレーベル

『新装版 てのひらを、ぎゅっと』逢優(あゆ)・著

彼氏の光希と幸せな日々を過ごしていた中3の心優は、突然病に襲われ、余命3ヶ月と宣告されてしまう。光希の幸せを考え、好きな人ができたから別れようと嘘をついて病と闘う決意をした心優だったけれど…。命の大切さ、人との絆の大切さを教えてくれる大ヒット人気作が、新装版として登場！

ISBN978-4-8137-0590-1
定価：本体590円+税

ブルーレーベル

ケータイ小説文庫 好評の既刊

『甘すぎてずるいキミの溺愛。』 みゅーな**・著

高2の千湖は、旧校舎で偶然会ったイケメン・尊くんに一目惚れ。実は同じクラスだった彼は普段イジワルばかりしてくるのに、ふたりきりの時だけ甘々に！ 抱きしめてきたりキスしてきたり、毎日ドキドキ。「千湖は僕のもの」と独占してくるけれど、尊くんには忘れられない人がいるようで…？
ISBN978-4-8137-0511-6
定価：本体580円+税

ピンクレーベル

『この幼なじみ要注意。』 みゅーな**・著

高2の美依は、隣に住む同い年の幼なじみ・知紘と仲が良い。マイペースでイケメンの知紘は、美依を抱き枕にしたり、おでこにキスしてきたりして、かなりの自由人。そんなある日、知紘が女の子に告白されているのを目撃した美依。ただの幼なじみだと思っていたのに、なんだか胸が苦しくて…。
ISBN978-4-8137-0459-1
定価：本体560円+税

ピンクレーベル

『日向くんを本気にさせるには。』 みゅーな**・著

高2の雫は、保健室で出会った無気力系イケメンの日向くんに一目惚れ。特定の彼女はいるみたいだけど、素直な雫のことを気に入っているみたいで、雫を特別扱いしたり、何かとドキドキさせてくる。少しは日向くんに近づけてるのかな…なんて思っていたある日、元カノが復学してきて…？
ISBN978-4-8137-0337-2
定価：本体590円+税

ピンクレーベル

『オオカミ系幼なじみと同居中。』 Mai・著

16歳の未央はひょんなことから父の友人宅に居候することに。そこにはマイペースで強引だけどイケメンな、同い年の要が住んでいた。初対面のはずなのに、愛おしそうに未央のことを見つめる要にキスされ戸惑う未央。でも、実はふたりは以前出会っていたようで…？ 運命的な同居ラブにドキドキ！
ISBN978-4-8137-0569-7
定価：本体610円+税

ピンクレーベル

ケータイ小説文庫　好評の既刊

『キミが可愛くてたまらない。』＊あいら＊・著

高2の真由は隣に住む幼なじみ・煌貴と仲良し。彼はなんでもできちゃうイケメンで女子に大人気だけど、"冷血王子"と呼ばれるほど無愛想。そんな煌貴に突然「俺のものになって」とキスされて…。お兄ちゃんみたいな存在だったのに、ドキドキが止まらない!!　甘々120%な溺愛シリーズ第1弾！

ISBN978-4-8137-0570-3
定価：本体590円＋税

ピンクレーベル

『俺の愛も絆も、全部お前にくれてやる。』晴虹・著

全国でNo.1の不良少女、通称"黄金の桜"である泉は、ある理由から男装して中学に入学する。そこは不良の集まる学校で、涼をはじめとする仲間に出会い、タイマンや新入生VS在校生の"戦争"を通して仲良くなる。涼の優しさに泉は惹かれはじめるものの、泉は自分を偽り続けていて…？

ISBN978-4-8137-0551-2
定価：本体590円＋税

ピンクレーベル

『無気力王子とじれ甘同居。』雨乃めこ・著

高2の祐実はひとり暮らし中。ある日突然、大家さんの手違いで、授業中居眠りばかりだけど学年一イケメンな無気力男子・松下くんと同居することになってしまう。マイペースな彼に振り回される祐実だけど、勝手に添い寝をして甘えてきたり、普段とは違う一面を見せる彼に惹かれていって…？

ISBN978-4-8137-0550-5
定価：本体590円＋税

ピンクレーベル

『恋する君の可愛いつよがり。』綺世ゆいの・著

高1の六花は、同じバスケ部で学校イチのモテ男・佐久間が好き。ある日、試合に負けた罰ゲームとして"1ヶ月限定恋人ごっこ"を先輩に命じられる。しかも相手に選ばれたのは佐久間！　ニセカレなのに、2人きりになるとドキドキすることばかりしてきて…？　俺様男子とのじれ恋にきゅん♡

ISBN978-4-8137-0530-7
定価：本体590円＋税

ピンクレーベル

ケータイ小説文庫　好評の既刊

『葵くん、そんなにドキドキさせないで。』Ena.・著

お人好しな高2の華子は、イケメンで頭も良くモテモテなクラスメイトの葵に"女避け"という理由で彼女役を頼まれてしまう。一緒にいるうちに、葵の甘くて優しい一面を知り惹かれていく華子。ところがある日突然、葵から「終わりにしよう」と言われて…。腹黒王子からの溺愛にドキドキ!!

ISBN978-4-8137-0477-5
定価：本体 570 円＋税

ピンクレーベル

『みんなには、内緒だよ?』嶺央・著

高校生のなごみは、大人気モデルの七瀬の大ファン。そんな彼が、同じクラスに転校してきた。ある日、見た目も性格も抜群な彼の、無気力でワガママな本性を知ってしまう。さらに、七瀬に「言うことを聞け」とドキドキな命令をされてしまい…。第2回野いちご大賞りぼん賞受賞作！

ISBN978-4-8137-0494-2
定価：本体 590 円＋税

ピンクレーベル

『無気力な幼なじみと近距離恋愛』みずたまり・著

柚月の幼なじみ・彼方は、美男子だけどやる気0の超無気力系。そんな彼に突然「柚月のことが好きだから、本気出す」と宣言される。"幼なじみ"という関係を壊したくなくて、彼方の気持ちから逃げていた柚月。だけど、甘い言葉を囁かれたりキスをされたりすると、ドキドキが止まらなくて!?

ISBN978-4-8137-0478-2
定価：本体 590 円＋税

ピンクレーベル

『俺が愛してやるよ。』SEA・著

複雑な家庭環境や学校での嫌がらせ…。家にも学校にも居場所がない高2の結実は、街をさまよっているところを暴走族の少年・統牙に助けられ、2人は一緒に暮らしはじめる。やがて2人は付き合いはじめ、ラブラブな毎日を過ごすはずが、統牙と敵対するチームに結実も狙われるようになり…。

ISBN978-4-8137-0495-9
定価：本体 570 円＋税

ピンクレーベル

ケータイ小説文庫　2019年1月発売

『新装版 ユーレイの瞳に恋をして』Mai・著

中学最後の夏休み前夜、目を覚ますとそこには…なんと、超イケメンのユーレイが！ヒロと名乗る彼に突然キスされ、彼の死の謎を解く契約を結んでしまったユイ。最初はうんざりしながらも、一緒に過ごすうちに意外な優しさをみせるヒロにキュンとして…。ユーレイと人間、そんなふたりの恋の結末は⁉

ISBN978-4-8137-0613-7
予価:本体 500 円+税

ピンクレーベル

『総長に恋したお嬢様（仮）』Moonstone（ムーンストーン）・著

玲は財閥の令嬢で、お金持ち学校に通う高校生。ある日、街で不良に絡まれていたところを通りすがりのイケメン男子・憐斗に助けられるが、彼はなんと暴走族の総長だった。最初は怯える玲だったけれど、仲間思いで優しい彼に惹かれていって……。独占欲強めな総長とのじれ甘ラブにドキドキ‼

ISBN978-4-8137-0611-3
予価:本体 500 円+税

ピンクレーベル

『溺愛120％の恋♡第2弾』＊あいら＊・著

高1の莉子は、女嫌いで有名なイケメン生徒会長・湊先輩に突然告白されてビックリ！　成績優秀でサッカー部のエースでもある彼は、莉子にだけ優しくて、家まで送ってくれたり、困ったときに助けてくれたり。初めは戸惑う莉子だったけど、先輩と一緒にいるだけで胸がドキドキしてしまい…？

ISBN978-4-8137-0612-0
予価:本体 500 円+税

ピンクレーベル

『キミに捧ぐ愛』miNato（ミナト）・著

美少女の結愛はその容姿のせいで女子から妬まれ、孤独な日々を過ごしていた。心の支えだった彼氏も浮気をしていると知り、絶望していたとき、街でヒロトに出会う。自分のことを『欠陥人間』と言う彼に、結愛と似たものを感じ惹かれていく。そんな中、結愛は隠されていた家族の秘密を知り…。

ISBN978-4-8137-0614-4
予価:本体 500 円+税

ブルーレーベル

書店店頭にご希望の本がない場合は、
書店にてご注文いただけます。